BASTEI
LÜBBE

Aus der Taschenbuchreihe G. F. UNGER sind nachstehende Romane erhältlich. Fragen Sie im Buch- oder Zeitschriftenhandel nach diesen Titeln:

G.F. UNGER

Apache Springs

Westernroman

BASTEI
LÜBBE

BASTEI-LÜBBE-TASCHENBUCH
Band 43 266

Erste Auflage:
Januar 1993

Titelillustration:
Vicente Ballestar
Umschlaggestaltung:
Quadro Grafik, Bensberg
Satz: Fotosatz Steckstor, Bensberg
Druck und Verarbeitung:
Brodard & Taupin,
La Flèche, Frankreich
Printed in France

ISBN 3-404-43266-5

Der Apachenkrieg im Südwesten währte von 1835 bis etwa 1886, und noch im Jahre 1880 zahlte man in Tucson Prämien füt Apachenskalps.

Die höchsten Preise wurden 1840 von der mexikanischen Regierung gezahlt.

Hundert Goldpesos für einen männlichen, fünfzig Goldpesos für einen weiblichen und fünfundzwanzig Goldpesos für den Skalp eines Apachenkindes.

Die Apachen erwiderten diesen Haß mit ganzer Kraft und standen den Weißen an Grausamkeit nicht nach.

Die Skalpjagd war für Schufte und Schurken aller Rassen ein einträgliches Geschäft. Doch auch sie konnten dabei schnell ihr Leben verlieren.

Schon bald fand man heraus, daß eine Anzahl der angeblichen Apachenskalps von Mexikanern oder friedlichen Pueblo-Indianern stammte.

Es war eine grausame Zeit.

Männer wie Les Quinnahan und Frauen wie Ann Sherburn lebten zu jener Zeit in diesem Land. Ihretwegen schreibe ich diese Geschichte – nicht wegen der roten oder weißen Mörder.

G. F. Unger

1

Als Les Quinnahan die Quelle erreicht, lebt Bill Sherburn noch. Die Apachen haben ihn mit einer Lanze am Boden festgenagelt.

Bill Sherburn liegt ganz still. Sein Gesicht ist schweißbedeckt. Wahrscheinlich spürt er die Schmerzen schon nicht mehr richtig. Als er den Reiter auf dem löwengelben Pferd auftauchen sieht, kehrt sein Verstand noch einmal zurück. Seine Energie läßt seine Lebensgeister noch einmal aufflackern.

Nach einer Weile erkennt er Les Quinnahan sogar. Sie begegneten sich manchmal in den wenigen Siedlungen des Landes und in Städten wie Tucson, Nogales, Silver City, Las Palomas und El Paso. Er verzerrt sein zerschundenes, schweißbedecktes Gesicht zu einem Grinsen. »Paß nur auf«, stößt er hervor, »daß sie dich nicht auch erwischen! Denn sie sind gewiß noch in der Nähe. Ich war . . .«

» . . . auf Skalpjagd«, unterbricht ihn Les Quinnahan heiser. »Du gehörstest zu einer Mannschaft, die auf Skalpjagd war. Am Pinto Creek habt ihr ein Dorf mit Frauen und Kindern gefunden und es überfallen. Ihr habt viele Skalps erbeutet.«*)

*) Anmerkung des Verfassers: Für das, was ich hier schreibe, gibt es viele historische Beispiele, die verbürgt sind. Will man die wahre Situation von damals schildern, ist es unerläßlich, diese Dinge zu erwähnen. Tatsache ist: In den siebziger Jahren wurde von zweihundert Bürgern aus Tucson im Ariwaipa-Canyon das Dorf des Häuptlings Eskimenzin überfallen und einhundertundacht Frauen und Kinder getötet. Die Krieger des Dorfes waren nicht daheim. Neunundzwanzig Kinder brachte man im Triumph nach Tucson. Die gefangenen Kinder verkaufte man als Sklaven nach Mexiko.

»Ja«, erwidert der Sterbende mühsam. »Ich selbst erwischte sieben Skalps und hätte mir für die Prämie eine neue Milchkuh und einige andere Dinge kaufen können. Die Apachen fügten mir immer wieder großen Schaden zu, und ich dachte mir, daß nun sie einmal bezahlen . . . Oh, ich konnte ihnen nicht entkommen. Coloradas Victorio holte uns ein. Er erwischte nacheinander alle von uns. Ich bin der letzte Mann. Doch bevor sie mich mit der Lanze hier festnagelten, sagte er mir, daß er dorthin ginge, wo unsere Frauen und Kinder lebten und . . .«

Er kommt nicht weiter. Seine leise und vor Schmerz heisere Stimme versagt.

Les Quinnahan saß inzwischen ab. Er berührt mit den Fingern die Lanze, doch er zögert, sie herauszuziehen. Er hat in diesem Land schon mehr als einen Mann auf diese oder ähnliche Art sterben sehen. Bill Sherburn wäre noch schneller tot, entfernte man die Lanze.

Sherburn öffnet wieder seine Augen.

»Du bist Quinnahan, nicht wahr? Reite zu meiner Frau und sag ihr, daß sie frei ist. Ich war schon immer ein Versager. Coloradas Victorio ist unterwegs, um kleine Siedlungen und Ranches zu überfallen. Er will Rache für unser Massaker nehmen. Ann und Joe müssern fort. Vielleicht können sie sich bis Fort Grant . . .«

Er schließt plötzlich die Augen, zuckt zusammen – und entspannt sich allmählich. Er ist tot.

Les Quinnahan weiß es.

Er starrt auf Bill Sherburn nieder und weiß nicht, ob er ihn bedauern oder verachten soll.

Bill Sherburn war einer von diesen zähen, verwegenen Siedlern, die es wagten, mit Frau und Kind in einem Land zu leben, in dem sie ständig von wilden

Apachen bedroht wurden. Diese Siedler setzten all ihre Chips darauf, daß es der Armee gelingen würde, die Apachen endgültig zu befrieden.

Doch zumeist verloren sie dieses Spiel – wie jetzt Bill Sherburn. Die Apachen stahlen oder töteten ihr Vieh und ihre Pferde. Sie brannten ihnen die Hütten nieder, vergifteten ihre Brunnen oder Wasserstellen. Oder sie töteten die Männer, manchmal auch die Frauen – niemals jedoch die Kinder.

Les Quinnahan steht bei dem Toten und denkt über all diese Dinge nach. Plötzlich erinnert er sich an Bill Sherburns Frau, an ihr rotes Haar und ihre grünen Augen, an ihren Gang, ihre Stimme und an die Art, wie sie das Kinn hob.

Das sah er damals in Tucson, als Sherburn mit seiner Frau aus der Bank kam, wo er einen Kredit bekommen hatte. Les hatte dem Paar nachgesehen und sich gefragt, wie ein Mann wie Sherburn zu einer solchen Frau kam?

Nun ist er tot. Und sie ist in Gefahr. Alle kleinen Siedlungen und Farmen nach Norden zu sind in Gefahr.

Les Quinnahan ist nur wenig mehr als mittelgroß, dabei hager wie ein Wüstenwolf. Doch seine Schulterpartie, seine langen Arme und die geschmeidigen Hände verraten eine rasche, zupackende Kraft. Seine Handgelenke sind fast so breit wie die Handrücken. Er hat ein dunkles, etwas hohlwangiges Gesicht, dunkles Haar und helle Augen. Sein Gesicht kerben einige tiefe Linien, und in den hellen Augen funkeln zuweilen seltsame Lichter.

Er trägt zwei Revolver und in den weichen Stiefeln ein Green-River-Messer.

Als General Crook hier im Südwesten das Kommando übernahm, nachdem General Howard es nicht geschafft hatte, die Apachen zu befrieden und in Reservate einzusperren, wollte er Les Quinnahan gern als Chef-Scout gewinnen.

Doch Quinnahan wollte nicht.

Während er auf den Toten starrt, entschließt er sich, zu dessen Frau zu reiten und zu versuchen, sie zu retten. Dabei fällt ihm ein, daß Sherburn auch einen Sohn hat – einen noch kleinen Sohn. Bei diesem Gedanken durchfährt es ihn heiß. Denn er denkt an ein kleines Mädchen.

Les Quinnahan kennt sich in diesem Land aus wie die Apachen, denn er wurde hier geboren. Sein schottischer Vater kam ins Land, als es noch zu Mexiko gehörte. Quinnahan mußte schon sehr früh erfahren, daß dieses Land mitleidlos ist und die Lebewesen darin keine Gnade kennen. Hier galt von jeher nur das Gesetz des Überlebens.

Dieses Land ist hart und grausam zu allen, die darin leben; es duldet nur wilde Geschöpfe.

Die Frauen brauchen ihre ganze Kraft – sonst zerbrechen sie.

Es ist ein unendlich wirkendes, verlorenes und schweigsames Land, mit gleißenden Sonnenuntergängen, kalten Nächten und tausend Farben. Coyoten und Wüstenwölfe, Klapperschlangen, Antilopen, Schwarzschwanzrehe, Adler und Pumas leben hier.

Eine Handvoll Soldaten versucht manchmal, Apachen zu töten, und wird zumeist selbst getötet.

Es gibt Rancher, Siedler, Geächtete und Goldsucher in diesem Land. Doch mehr oder weniger gehört es noch den Apachen.

Aber ein Mann wie Quinnahan kann es mit ihnen aufnehmen.

Er reitet den Rest des Tages, beschreibt dann in der Nacht einen weiten Bogen und rechnet sich aus, daß er die Kriegshorde überholt hat. Als er dann wieder auf dem richtigen Weg reitet, weiß er, daß sie seine Fährte entdecken werden. Doch er hat keine Zeit mehr zu verlieren, er muß den kürzesten Weg reiten.

Als es Tag wird, hält er an und späht von einem Hügel aus nach Süden.

Die Staubwolke ist etwa drei Meilen zurück. Er hat also trotz des großen Bogens, den er in der Nacht schlug, drei Meilen Vorsprung.

Noch weiter zurück steigt Rauch zum Himmel. Wahrscheinlich brennt dort ein Wagenzug, den sie im ersten Morgengrauen überfallen haben.

Die anderen, die sich nicht beim Wagenzug aufhalten, kommen auf ihren hageren Mustangs schnell vorwärts.

Les Quinnahans löwengelber Wallach, der in der Wüste geboren wurde, ist die ganze Nacht gelaufen. Dennoch schnaubt er willig, als sein Herr ihn wieder antraben läßt.

Die Zeit drängt. Die Apachen haben Quinnahans Fährte gefunden und sofort begriffen, daß er unterwegs ist, um ihr Kommen zu melden und um das ganze Land zu alarmieren. Sie wissen, daß er vor ihnen, die den Tod bringen, warnen will.

Zehn Meilen weiter trifft Les Quinnahan auf seinem schweißbedeckten Pferd die Postkutsche von Tucson nach Nogales. Er hält sie mit erhobenen Händen an und zeigt damit, daß er friedliche Absichten hat; denn der Begleitmann zielt mit einer Schrotflinte auf ihn, die mit

Indianerschrot geladen ist, das ihn gewiß ein Pfund schwerer machen würde.

»Wenn ihr in dieser Richtung weiterfahren wollt, so müßt ihr wissen, daß einige Meilen hinter mir Coloradas Victorio angebraust kommt«, sagt Les Quinnahan trocken zum Fahrer, während er näher an die Kutsche heranreitet.

»Na und?« fragt der Fahrer und schiebt seinen Kautabak von einer Backentasche in die andere. Dann erst spricht er weiter:

»Die Regierung hat mit den Apachen einen Vertrag, nach dem die Postwege offen sind. Das war schon bei Cochise der Fall und ist immer noch so. Wenn dieser Coloradas Victorio hinter Ihnen her ist, Amigo, dann bedeutet das noch lange nicht, daß wir uns Sorgen zu machen brauchen. Warum ist er denn hinter Ihnen her, ha?«

Les Quinnahan betrachtet den Kutscher fast ausdruckslos. Das ist seine Art; er drängt sich oder seinen Rat niemals auf. Wenn er gesagt hat, was zu sagen war, versucht er nie irgendwelche Überredungskünste. Denn er meint, daß jeder sein eigener Hüter ist und allein entscheiden muß.

Aber er beantwortet die Frage dennoch.

»Ihr wißt, daß man in Tucson Prämien für die Skalps von Bronco-Apachen zahlt. Es taten sich eine Anzahl Skalpjägern zusammen. Sie überfielen Coloradas Victorios Dorf, machten alle Frauen, Kinder und ein paar alte Krieger nieder. Der Rote Viktor und seine Krieger waren zu dieser Zeit noch drüben in Mexiko, um Pferde zu verkaufen. Sie kamen früher zurück, als die Skalpjäger erwartet hatten. Dann begann die Jagd, die sich über eine Strecke von fünfzig Meilen zog. Von den

Skalpjägern lebt keiner mehr, obwohl sie ihre Skalps wegeworfen hatten, um nicht mit ihnen erwischt zu werden. Sie sind alle tot, alle! Und es waren insgesamt mehr als zwei Dutzend Burschen, die sich für hart hielten.

Mann, Red Vic ist unterwegs, um Rache zu nehmen! Ich sah kurz nach Tagesanbruch einen Wagenzug brennen. Und jetzt habe ich genug geredet, Leute!«

»Das hat er«, sagt der Begleitmann.

Der Fahrer nickt, spuckt seinen Priem aus und zieht das Sechsergespann herum. Als er es wieder auf der Straße hat, die eigentlich nichts anderes ist als eine ausgefahrene Spur von Wagenrädern, knallt er den Tieren die lange Peitsche um die Ohren und brüllt heiser: »Braah! Hoiiiya! Lauft, ihr dicken Tanten! Lauft nur, ihr Trampeltiere! Braaah! Hoiiiyaaah! Wollt ihr vielleicht, daß ich meine letzten Haare verliere!«

Eine Staubwolke bleibt zurück – so schnell ist die Überlandpost auf dem Rückweg nach Tucson.

Die Stadt Tucson wird für die nächste Zeit von jeglichem Verkehr abgeschnitten sein, einer Insel gleich inmitten eines von Piraten und Haien verseuchten Meeres.

Rings um die Stadt aber werden kleine Siedlungen, Farmen und Ranches brennen.

Denn was kann man von Coloradas Victorio – genannt Red Vic – anderes erwarten? Obwohl er einige Jahre als Knabe in eine Missionsschule ging, wurde er später wieder ein Bronco-Apache, also ein wilder Apache. Doch selbst einem gläubigen Christen würde es an seiner Stelle wahrscheinlich schwerfallen, keine grausame Rache zu nehmen.

Les Quinnahan biegt von der Poststraße ab und läßt

die Postkutsche davonsausen. Er kann sicher sein, daß längst der Straße bis nach Tucson Alarm gegeben wird.

Les dringt nun nach Osten zu tiefer in die südlichen Ausläufer der Santa-Catalina-Kette ein, die ihm den Weg zum San Pedro Valley versperrt.

Er weiß, daß es in diesen kleinen, grünen und geschützten Tälern viele Siedler, Farmer und kleine Rancher gibt. Schon oft wurden sie vertrieben, aber sie kamen immer wieder zurück und bauten neu auf.

Irgendwo in diesem Land muß auch Bill Sherburns Frau mit dem Jungen leben. Während er reitet, denkt er wieder an diese Frau.

Noch nie hat eine Frau einen solchen Eindruck auf ihn gemacht. Doch sie war die Frau eines anderen Mannes gewesen. Er hatte manchmal mit einem tiefen Bedauern daran gedacht.

Und nun . . . Er muß sie finden!

Gegen Mittag hat er endlich die erste Siedlerstätte erreicht. Er hält sich mit seiner Warnung nur zwanzig Sekunden auf und reitet weiter. Als er sich nach einer halben Meile im Sattel wendet, sieht er den Siedler mit Frau und Kindern davonreiten – alles zurücklassend, was sie in den beiden letzten Jahren aufbauten. Wahrscheinlich wird bald alles brennen, und die Tiere im Corral werden getötet.

In den nächsten beiden Stunden reitet er eine Zickzackfährte durch die Täler, warnt eine ganze Anzahl Menschen und verliert mehr und mehr von seinem Vorsprung.

Wenn er über Hügel oder Pässe reitet und gute Sicht zurück hat, sieht er Rauch aufsteigen, und er kann daran erkennen, wie dicht Coloradas Victorio hinter ihm ist.

Von den beiden letzten Siedlern, die Les Quinnahan warnte, erfuhr er die genaue Lage der Sherburn-Ranch. Er wußte sofort Bescheid, denn vor dem Krieg lagerte er einmal in diesem Tal, dessen Quelle als ›Apachen-Springs‹ bekannt ist.

Genau neben dieser Quelle, so daß er deren Wasser für sein Haus, den Garten und die Corrals nutzbar machen konnte, baute Bill Sherburn seine Ranch. Das ist eigentlich eine etwas schmeichelhafte Bezeichnung, denn es ist kaum mehr als eine Siedlerstätte.

In den Corrals sind nur zwei Pferde, ein Esel, ein paar Schafe und einige Kälber zu sehen.

Der Garten macht einen gepflegten Eindruck. Aber das hat Les von Ann Sherburn gar nicht anders erwartet. Als er auf das Haus zureitet, stößt er einen scharfen Ruf aus, wie es üblich ist, wenn man sich schon bei der Annäherung bemerkbar machen will.

Doch es ist niemand zu sehen. Weder aus dem Haus noch aus dem kleinen Stall oder der Scheune kommt jemand ins Freie. Auch im Garten ist nichts von Ann Sherburn oder ihrem Sohn zu sehen.

Les Quinnahan spürt plötzlich eine heiße Angst, daß Ann Sherburn und der Junge irgendwo draußen im Tal sind, vielleicht um nach den Rindern zu sehen oder um auf einer Wiese Alfalfagras zu mähen. Es gibt ja viele Gründe, die eine Frau in Abwesenheit des Mannes zwingen, das Haus zu verlassen.

Als er vor dem kleinen Haus – es ist kaum mehr als eine Blockhütte – verhält, ruft er nochmals.

Jetzt hört er drinnen Ann Sherburns Stimme: »Oh, komm schon herein, Bill! Komm herein und hilf mir!«

Er begreift, daß sie in Not ist und Hilfe braucht. Er wirft sich vom Pferd und ist mit ein paar geschmeidigen Schritten im Haus. Seine Stiefel sind fast so weich wie Apachen-Mokkasins, und er trägt keine Sporen. Leicht wie ein Schatten bewegt er sich.

Das Haus besteht aus drei Räumen. Im kleinsten Raum, es ist die Schlafkammer des Buben, findet Les die Frau.

Sie ist dabei, dem arg zerschundenen Jungen das gebrochene Bein zu schienen. Der Bub ist offensichtlich ohne Bewußtsein.

Du lieber Gott, denkt Les Quinnahan, schlimmer kann es gar nicht sein. Was hat diese Frau denn verbrochen? Warum spielt das Schicksal ihr so übel mit?

Ann wirft ihm von der Seite einen schnellen Blick zu und erkennt, daß er gar nicht der längst zurückerwartete Mann ist.

»Helfen Sie mir!« sagt sie. »Ich habe den Bruch gerichtet und will das Bein in Lehm einpacken und mit Binden umwickeln. Ich denke, wenn der Lehm fest wird, hält er den Bruch in der richtigen Lage, bis alles zusammengewachsen ist.«

»Sicher, Madam, ich helfe Ihnen«, erklärt Les Quinnahan bereitwillig. Er kniete neben ihr vor dem Lager nieder und weiß sofort, worauf es ankommt. Seine Hände sind geschickt. Er versteht sich mit der Frau ohne Worte, als wären sie nicht zum ersten Mal mit so einer Arbeit beschäftigt.

Dann und wann betrachtet ihn Ann Sherburn mit einem kurzen, forschenden Blick. Er spürt ihre Nähe. Ihr Duft gefällt ihm. Sie ist eine lebendige, energische Frau, und sie besitzt eine starke, eindringliche Schönheit, die von innen kommt.

Enttäuschungen sind ihr gewiß nicht fremd. Sie ist eine Frau, die sich in diesem Leben einzurichten wußte und daran glaubt, daß man nicht zuviel verlangen darf. Ihre Schönheit ist von herber Art – aber sie ist zugleich wach und lebendig. Sie ist gewiß keine Frau, die still duldet.

»Ich kenne Sie doch«, sagt sie plötzlich. »Irgendwo habe ich Sie gesehen. Sind Sie nicht Les Quinnahan, von dem man sich erzählt . . .«

»Der bin ich«, erklärte Les knapp und läßt sie gar nicht ausreden, was man sich hier im Südwesten von ihm erzählt. »Ich sah Sie einmal in Tucson«, fügt er hinzu. »Sie kamen mit Ihrem Mann aus der Bank. Ich glaube, daß ich Sie ziemlich ungehörig angestarrt habe.«

»Nicht so schlimm«, erwidert sie.

Dann arbeiten sie schweigend weiter, und einmal sagt sie knapp: »Er klettert überall herum. Als ich ihn zum Mittagessen rief, kam er nicht. Ich suchte ihn und fand ihn am Fuß des Felsens dicht bei der Quelle. Er war abgestürzt.«

Sie sagt es nicht klagend und weint auch nicht. Obwohl sie gewiß in größter Sorge ist, bleibt sie zuversichtlich.

Les bewundert ihre innere Stärke.

Selbst in diesem Land besitzen nur wenige Frauen so viel Energie.

Les Quinnahan erinnert sich wieder daran, warum er hergekommen ist. Für einige Minuten hatte er es ganz und gar vergessen. Sie waren mit dem Jungen zu sehr beschäftigt, und er selbst dachte mehr an Ann Sherburn und an seine Gefühle.

»Wir müssen fort«, sagt er rauh. »Bronco-Apachen kommen. Vielleicht bleiben uns nur wenige Minuten zur Flucht. Ich bin gekommen, um Sie zu warnen und zu retten, sofern das noch möglich ist. Ihr Mann schickt mich.«

Sie steht still am Lager des Buben und betrachtet ihn. Langsam hebt sie die Hand und wischt sich über Stirn und Augen.

»Ich kann mit Joe nicht fort«, sagt sie dann. »Joe ist abgestürzt, vielleicht auch innerlich verletzt. Er hat zumindest eine Gehirnerschütterung und diesen Beinbruch. Er wird Fieber bekommen. Wahrscheinlich würde er auf einer Flucht sterben. Selbst Sie, der Sie ein starker Mann sind, könnten ihn auf einem galoppierenden Pferd nicht vorsichtig genug in den Armen halten. Nein, es geht nicht! Wenn mein Sohn schon sterben soll, dann ... Oh, ich werde kämpfen! Wenn mein Mann weiß, daß wir in Gefahr sind – und er muß es wissen, da er Sie geschickt hat –, wird er auch für Hilfe sorgen oder selbst mit einem Aufgebot ...«

»Er ist tot, Madam«, sagt Les Quinnahan fest. Er hat keine Zeit mehr, nach schonenden Worten zu suchen. Er muß diese Frau zur Flucht bewegen, und vielleicht kann er es, wenn er ihr einen Schock versetzt.

Sie tritt einen Schritt zurück und starrt ihn an.

»Nein«, sagt sie.

»Doch«, murmelt er. »Sie hatten ein Dorf überfallen und Skalps erbeutet. Dann waren die Krieger des Dorfes hinter ihnen her und töteten sie – Mann für Mann. Bill ist tot. Ich muß Ihnen das so grob und schonungslos sagen, damit Sie endlich begreifen, daß wir trotz des schwerkranken Jungen fort müssen.«

Sie erwidert nichts, sondern sieht ihn nur an.

Plötzlich erkennt er die Lücke in ihrer Lebenskraft. Diese Frau kann nicht weinen.

Das ist für ihn erschreckend. Denn nun ahnt er, wie

sehr sie in diesem Land – vielleicht auch an Bill Sherburns Seite – schon gelitten hat.

Sie kann nicht mehr weinen. Er wünscht, daß sie es könnte. Sein Mitleid mit ihr ist grenzenlos.

In ihren grünen Augen erscheint ein Ausdruck von Müdigkeit und tiefster Resignation. Wieder hebt sie mit der für sie wahrscheinlich typischen Gebärde ihre Hand und wischt über Stirn uns Augen.

»Ich bringe die Pferde vor das Haus«, sagt Les.

Sie blickt auf den Buben, der blaß, zerschunden und bewegungslos auf dem Bett liegt. Er atmet kaum. Sie beugt sich nieder, fühlt seine Stirn und prüft den Puls.

»Nein«, entscheidet sie, »ich bringe Joe nicht auf einem Pferd um – auf einer sinnlosen Flucht! Ich nehme lieber die Schrotflinte und versuche standzuhalten, bis Hilfe kommt oder . . .«

Sie spricht nicht aus, was dann droht.

»Vielen Dank für die Warnung«, sagt sie, und ihre Augen schauen Les Quinnahan fest an. »Jetzt reiten Sie aber schnell weiter, Mister Quinnahan. Kümmern Sie sich nicht länger um Joe und mich. Hat mein Mann sterbend an uns gedacht?«

»Mit seinen letzten Gedanken«, murmelt Les und geht zur Tür.

Er späht über das Tal.

Da sieht er sie kommen – gedrungene, bunt gekleidete Reiter auf scheckigen Pferden. Sie tragen Stirnbänder und langes Haar. Ja, es sind Apachen, genauer gesagt: Chiricahuas.

Coloradas Victorio, den die Weißen Red Vic nennen, führt sie an. Er ist zwar nicht so berühmt und bekannt wie Cochise, nach dem dieses Land einmal benannt werden wird; denn er lebte zumeist drüben in Mexiko.

Vielleicht wird er schon bald berüchtigter sein als sein Vetter Cochise, dem er im Kampf gegen die Weißen zu Hilfe geeilt war.

Les wendet sich nach Ann Sherburn um.

»Schließen Sie die Fensterläden, und halten Sie Ihre Schrotflinte bereit! Dort kommt Red Vic, um die getöteten Frauen und Kinder seines Dorfes zu rächen.«

2

Nach diesen Worten springt er zu seinem Pferd, um sein Gewehr und die Satteltaschen zu holen, in denen sich Munition befindet.

Er schlägt dem löwengelben Wallach auf die Kruppe und ruft scharf:

»Los, lauf, Nachez! Lauf!« Das Tier springt schnaubend davon.

Als er sich zur Tür wendet, steht Ann Sherburn dort mit der Schrotflinte. Sie starrt ihn seltsam an und hat die Apachen offensichtlich ganz vergessen.

»Sie bleiben?«

»Ja, Ann.«

Er schiebt die Frau zur Seite, tritt ein und wirft die starke Tür zu. Er legt den Querbalken vor und wendet sich zu der Treppenleiter in der Ecke, die hinauf zum Speicher führt.

Noch einen kurzen Blick wirft er auf Ann zurück.

Sie füllt ihre Schürzentaschen mit Schrotpatronen, die ihr Mann selbst hergestellt hat, und sie wirft ihm einen ruhigen und gefaßten Blick zu.

»Ich habe in diesem Haus schon zweimal gegen Apachen gekämpft«, erklärt sie.

Welch eine Frau! denkt Les Quinnahan und klettert hinauf.

Der Speicher ist nicht so hoch, daß ein Mann stehen könnte. Man muß sich in gebückter Haltung bewegen. Doch bietet dieser Raum viele Vorteile. Er hat nach allen Seiten kleine, schießschartenähnliche Öffnungen. Hier oben kann ein Mann von einer Seite zur anderen schießen. Was Bill Sherburn auch für ein Mann gewesen sein mag – dieses Haus hat er fest und mit Überlegung gebaut. Von hier oben kann sich ein tüchtiger Kämpfer gegen eine Übermacht behaupten.

Les Quinnahan hält nach den Apachen Ausschau. Sie müssen schon sehr nahe sein; denn er hört den trommelnden Hufschlag ihrer hageren, bunten Pferde.

Vor dem Haus teilen sie sich wie die Strömung eines Baches vor einem Stein. Sie wollen das Haus umzingeln. Les Quinnahan kennt die Apachentaktik. Er weiß, daß sie sich, sobald sie das Haus blitzschnell umstellt haben, von ihren Pferden werfen und von allen Seiten zu Fuß kommen. Irgendwo werden sie dann eine schwache Stelle finden oder Feuer anlegen.

Die angreifende Horde ist kaum mehr als zwei Dutzend Krieger stark. Doch zwei Dutzend Apachen – das sind zwei Dutzend Guerillakämpfer, die auf der ganzen Welt kaum ihresgleichen finden. Les Quinnahan hat selbst schon erleben müssen, wie eine so kleine Zahl Apachen mit einer doppelten Anzahl Soldaten zurechtkam. Diese gedrungenen, drahtigen, zähen, unheimlich schnellen Burschen kamen in grauer Vorzeit von Alaska als Eroberer in dieses Land. Sie selbst nannten sich Enjus oder Yndyes, was soviel heißt wie Volk. Apachu bedeutet in der Sprache der Pueblo-Indianer nichts anderes als Feind, und da die Enjus oder Yndyes als Eroberer gekommen waren, nannte man sie Apachus, Feinde. Später waren sie dann nur noch als Apachen bekannt.

Diese da, die nun angreifen, gehören zu dem Stamm der Chiricahuas, dem bedeutendsten Stamm des Apachenvolkes.

Als sie sich vor dem Haus teilen, um es zu umzingeln, machen sie einen Fehler.

Sie kamen zu dicht heran, weil sie auf ihre Schnelligkeit vertrauten.

Das büßen sie nun bitter.

Sie sind so nahe, daß Les Quinnahan mit seinen zwei Revolvern schießen kann, und mit seinen Revolvern schießt er unheimlich schnell. Seine Feuerkraft ist nicht geringer als die von sechs Gewehrschützen.

Gebückt steht er vor einer kleinen schießschartenähnlichen Fensteröffnung, feuert beidhändig, jagt alle zwölf Kugeln aus den Läufen und richtet eine furchtbare Verwirrung unter den Angreifern an.

Er trifft Pferde und Krieger. Er hält mitten hinein in das Durcheinander.

Als die Revolver leergeschossen sind, ergreift er das Gewehr und feuert auch damit. Denn er muß und will die wenigen Sekunden nutzen, die ihm zur Verfügung stehen.

Dann ist es auch schon vorbei. Die Apachen reagieren nicht weniger schnell als ein Wolfsrudel. Sie flitzen auseinander, werfen sich von den Pferden, rollen über den Boden, finden selbst dort Deckung, wo man es kaum für möglich gehalten hätte.

Zurück bleiben drei tote Pferde, ein verletztes Tier,

das Les mit einem Gewehrschuß tötet, um ihm die Qualen zu ersparen, und vier Apachen, von denen einer wahrscheinlich noch lebt, sich jedoch tot stellt. Er kann Les Quinnahan nicht täuschen. Dessen Augen sind zu scharf und erfahren.

In der Apachensprache ruft er hinüber: »Du kannst gehen! Du, der das blaue Kopftuch trägt und die gekreuzten Patronengürtel über dem Leinenhemd, du brauchst dich nicht totzustellen! Ich kämpfe nicht gegen verwundete Krieger. Geh und laß deine Wunde verbinden!«

Nach einer Weile jedoch ruft eine Stimme hinter dem Stall: »Komm endlich, Juan! Du kannst seinem Wort trauen. Komm, mein Sohn!«

Les Quinnahan glaubt, daß der Sprecher kein anderer ist als Coloradas Victorio. Vorhin beim Angriff hatte er ihn unter den mehr als zwei Dutzend Reitern nicht erkannt, denn es war ein zu wildes Durcheinander.

Außerdem gleichen sich die Apachen zu sehr.

Sollte der Verwundete Coloradas Victorios Sohn sein?

Les verwirft diesen Gedanken bald. Er weiß, daß Victorio zu jung ist, um schon einen Sohn im Kriegeralter zu haben. Aber es könnte ein Stiefsohn, ein zukünftiger Schwiegersohn oder irgendein junger Krieger sein, der mit dem Häuptling verwandt ist oder ihm aus einem anderen Grunde besonders nahesteht.

Der sich totstellende Krieger erhebt sich wirklich. Er wurde an der Schulter getroffen, bedeckt mit der Hand die Einschußwunde und steht einige Sekunden schwankend da. Vielleicht wartet er auf eine Kugel – oder er ist zu schwach und weiß gar nicht, in welche Richtung er gehen muß.

Dann endlich bewegt er sich, schwankt immer noch wie ein Betrunkener und verschwindet langsam um die Ecke des Stalles.

Es bleibt still. Doch da und dort sieht Les Quinnahan die Apachen umherschleichen. Sie umzingeln in respektvollem Abstand die Ranch an der Apachen-Quelle, und sie werden sich nun allmählich von allen Seiten näher heranarbeiten.

Dann und wann treffen Nachzügler ein; sie kommen in Gruppen und hielten sich gewiß unterwegs auf, um alle anderen Siedlerstätten und Ranches niederzubrennen, das Vieh zu töten und alles zu vernichten. Es werden immer mehr. Les Quinnahan schätzt die Stärke von Coloradas Victorios Kriegshorde schon bald auf fünfzig Mann, obwohl einige Trupps weiter nach Norden und Osten reiten, um dort weitere Siedlungen zu überfallen. Red Vic beißt sich hier nicht mit all seinen Kriegern fest. Aber er ist offensichtlich auch nicht gewillt, respektvoll aufzugeben, nur weil dieser Ort von einem Revolvermann verteidigt wird.

Denn Les Quinnahan ist ein Revolvermann, der zu den wenigen Großen im Südwesten gehört. Es geht dieser Apachenhorde etwa so wie einem Wolfsrudel, das glaubte, ein Kalb anzugreifen und dabei auf einen Puma stieß.

Wölfe würden davonschleichen und aufgeben.

Doch ein Häuptling wie Red Vic hat Ansehen zu verlieren.

Darum muß er diese Ranch zerstören.

»Ann, wie geht es Ihnen?« ruft Les hinunter.

»Sie können sich darauf verlassen, daß ich kämpfen kann«, erwidert sie ruhig. Der Klang in ihrer Stimme beruhigt ihn. Ja, sie wird bestimmt einen kühlen Kopf behalten und ihr Leben und auch das ihres Sohnes teuer verkaufen.

»Die Apachen werden gleich von allen Seiten kommen.« Während er das sagt, bewegt er sich oben auf dem niedrigen Speicher von einer Öffnung zur anderen, um nach allen Richtungen beobachten zu können.

»Ich kann sie nicht überall aufhalten«, fügt er hinzu. »Bestimmt kommen sie nahe genug an das Haus heran, um ein Eindringen zu versuchen. Wenn sie das nicht schaffen, versuchen sie es mit Feuer. Jetzt kommen sie, Ann!«

Er hat es kaum gerufen, da beginnen seine Revolver abermals zu krachen. Er wechselt ständig die Schießscharten, feuert also nach allen Seiten. Immer wieder trifft er.

Die Apachen kommen schweigend. Sie stoßen kein gellendes Kriegsgeschrei aus wie die Indianer der Prärie. Doch sie sind gewiß gefährlicher. Ihr schweigender Angriff wirkt beharrlicher und endgültiger.

Ann Sherburn hat alle Fensterläden von innen geschlossen. Die Fensteröffnungen sind nicht so groß, daß jemand von draußen hereinklettern könnte. Nur kleine Kinder würden es schaffen. Die Fensterläden sind schwer und mit Querbalken gesichert wie die Tür. Es ist ein festgefügtes, starkes Haus.

Zum ersten Mal ist Ann Sherburn ihrem Mann für etwas dankbar – zum allerersten Mal im ganzen Leben. Dieses Haus hat er gut gebaut.

Sie lauscht und hört, wie die Körper der Angreifer gegen die Hauswand prallen. Die Apachen sprangen blitzschnell heran, um in den toten Winkel von Les Quinnahans Revolverfeuer zu gelangen. Er kann von oben wohl ziemlich schräg, doch nicht fast senkrecht nach unten schießen. Dicht an der Hauswand sind sie vor seinen Kugeln sicher – es sei denn, er durchbräche das Dach und beugte sich heraus. Doch dabei würde er sich den Kugeln der Feinde aussetzen.

Ann Sherburn hört, wie sie ums Haus schleichen, hört ihr Keuchen, den Anprall ihrer Körper das Rütteln an den Fensterläden – und dann arbeiten sie an der Tür, die gewiß der schwächste Punkt des Hauses ist.

Aus dem Stall, neben dem sich die kleine Schmiede befindet, brachten sie eine Brechstange, den schweren Hammer und die große Holzaxt vom Hauklotz mit.

Sie arbeiten heftig und setzen mit ihren Bemühungen genau dort an, wo sie die Türangeln vermuten. Die Angeln sind innen, und die starke Tür schließt gut. Dennoch werden die Rothäute Erfolg haben, wenn Ann nicht etwas unternimmt.

Sie setzt die Doppelmündung des Parker-Schrotgewehres an den schmalen Spalt zwischen Tür und Hauswand, genau zwischen der oberen und der unteren Türangel, die aus starken Flacheisen gerollt und mit zollstarken Zapfen versehen sind. Es sind starke Gehänge. Die Apachen wollen die Stämme, an denen die Gehänge befestigt sind, herausbrechen.

Als Ann die beiden Läufe abdrückt, gibt es einen furchtbaren Krach. Der Rückschlag der Waffe, die sie fest unter den Arm und gegen die Hüfte geklemmt hat, versetzt ihr einen Stoß wie ein Eselstritt. Sie schwankt zur Seite und fällt auf die Knie. Die Luft bleibt ihr weg.

Doch sie starrt auf das längliche Loch zwischen Tür und Hauswand. Es ist kein großes Loch. Ein Kind könnte die übereinandergelegten Fäuste hindurchschieben.

Das Holz ist von den Schrotgeschossen weggefetzt

worden. Ann Sherburn kann nicht sehen, was die beiden Ladungen draußen angerichtet haben. Doch sie hört das Stöhnen von getroffenen Apachen. Stimmen rufen kehlig durcheinander. Obwohl sie die Sprache nicht versteht, kann sie unschwer heraushören, daß die Feinde sehr erregt sind. Sie glaubt, daß sie den Indianern Verluste zufügte.

»Gut gemacht, Ann!« tönt Les Quinnahans Stimme von oben. »Sie sind von der Tür weggeflogen, als hätte eine Kanone sie getroffen. Ich glaube, drei von ihnen sind verwundet. – Nur weiter so, Ann!«

Sie kann keine Antwort geben. Doch als könnte er sie sehen, nickt sie und schluckt dann würgend.

Dieses verdammte Land! denkt sie bitter. Warum hat Bill Sherburn seinen Sohn und mich in dieses verdammte Land gebracht, in dem man töten muß, um nicht selbst getötet zu werden?

Sie lädt die Schrotflinte neu.

An der Tür wird nicht mehr gearbeitet. Dafür versuchen es die Chiricahuas nun an den Fensterläden, die aus starken Brettern gefertigt wurden.

Manchmal erschüttern gewaltige Axt- und Hammerschläge das Haus. Ann geht dauernd durch alle drei Räume und sieht nach, ob die Läden halten. Und immer wieder verharrt sie sekundenlang am Bett ihres bewußtlosen Sohnes, fühlt dessen heiße Stirn und muß ihren ganzen Mut zusammennehmen, um nicht zu verzweifeln. Sie hat nicht viel Hoffnung, daß sie die Apachen auf die Dauer abwehren oder sie lange genug aufhalten können, bis vielleicht durch ein Wunder von irgendwo Hilfe kommt.

Natürlich muß Coloradas Victorio damit rechnen, daß die Nachricht von seinem Vergeltungskriegszug bald schon Fort Grant erreicht und daß von dort eine starke Abteilung aufbricht, um ihn zu stellen und zu vernichten. Er wird gewiß nicht länger als bis morgen mittag hier verweilen können. Doch das braucht er auch nicht. Ann Sherburn macht sich nichts vor. Die ganze Sache dauert höchstens noch eine Stunde.

Immer wieder hört sie oben Les Quinnahans Revolver oder sein Gewehr krachen.

Was für ein Mann! denkt sie einige Male. Er blieb bei mir, um für mich und Joe bis zu seinem letzten Atemzug zu kämpfen. Damals in Tucson, hat er mich angestarrt, als hätte er noch niemals eine Frau gesehen. Vielleicht hat er sich wirklich auf den ersten Blick in mich verliebt. So etwas soll es ja geben. Und eine Laune des Schicksals brachte ihn dann zu mir. Er wird sterben. Könnte ich doch einen Weg finden, damit er nicht sterben muß! Was hat er schon davon, daß er für Joe und mich kämpft und mit uns stirbt? Ich liebe ihn nicht. Ich glaube, seit ich erkennen mußte, daß Bill Sherburn, dem ich in dieses Land folgte, die größte Enttäuschung meines Lebens war, kann ich nie wieder einen Mann lieben. Aber Bill dachte immerhin mit seinen letzten Gedanken an uns. Immerhin . . .

Sie hört auf zu grübeln, denn es gibt wichtigere Dinge.

Sie will, solange es ihr möglich ist, leben und den bewußtlosen Joe schützen. Solange es ihr möglich ist . . .

Wie lange?

Les Quinnahan lädt inzwischen wieder einmal seine Revolver auf. Es geschieht unheimlich schnell, denn er hat es tausendfach geübt. Seine beiden Revolver sind Präzisionsinstrumente, deren Mechanik wunderbar leichtgängig ist. Selbst seine Patronen sind äußerst gepflegt und eingefettet. Da kann es kein Klemmen geben. Wenn er die Trommel ausgeklinkt hat, fallen die Hülsen von selbst heraus. Seine Finger schieben unheimlich schnell neue Patronen in die rotierende Walze.

Er fragt sich, wie die Apachen die Sache weiterführen wollen.

Es wäre für sie einfacher, Feuer anzulegen. Drüben im Schuppen befindet sich genügend Heu und Stroh. Andere leicht brennbare Dinge, die sie von außen an die Hauswand häufen könnten, sind ebenfalls in großer Menge vorhanden.

Selbstverständlich wurden längst alle Tiere getötet, die zu dieser Ranch gehören und von den Roten nicht mitgenommen werden können. Doch Les Quinnahans Nachez bekamen sie nicht. Der löwengelbe Wallach, der sich in der Apachenwüste kaum von der Farbe des Landes unterscheidet, entkam ihnen wie ein Fuchs – so schlau und erfahren.

Plötzlich hört Les sie über sich.

Sie sind auf dem Dach. Das war einfach, sie brauchten sich nur übereinander zu stellen.

Es ist ein Schindeldach aus selbstgefertigten Holzschindeln. Sie sind leicht und kaum dicker als ein Finger. Sie knirschen und platzen unter dem Gewicht der sich darauf bewegenden Krieger, obwohl diese wie Katzen schleichen.

Les Quinnahan weiß, daß sie ihn nun bald haben.

Doch er schießt nach oben, genau dorthin, wo er die Feinde über sich vermutet. Seine Kugeln fahren durch das dünne Schindelholz und treffen ein oder zwei Apachen. Doch auch die Rothäute schießen. Ihre Kugeln fahren durch das Holz, und das Dach wird an einigen Stellen aufgerissen. Gewehrläufe und Revolvermündungen werden in den Speicherraum geschoben. Von überall blitzt und kracht es.

Les Quinnahan schießt immer noch – und er trifft oder verwundet fast mit jedem Schuß einen Feind.

Er spürt, wie auch ihn Kugeln treffen. Es sind viele Apachen auf dem Dach. Sie reißen es unheimlich schnell auf. Die ersten der gedrungenen Burschen lassen sich in den Speicher fallen.

Les Quinnahan rollt sich zur Luke und stürzt kopfüber die steile Treppenleiter herunter. Er rollt zur Seite, richtet sich halb auf und jagt die letzten Kugeln durch die Luke. Dann aber spürt er einen berstenden Knall am Kopf. Er verliert sofort die Besinnung.

Die Apachen wollen herunterspringen. Doch Ann Sherburn erscheint mit der Schrotflinte in der Tür, die vom großen Wohnraum zur Schlafkammer Joes führt.

Nun will und muß sie diesen Zugang verteidigen.

Sie schießt beide Läufe ab und trifft auch.

Doch bevor sie neu geladen hat, schwingen sich einige dieser gedrungenen, unheimlich schnellen Krieger herunter und sind bei ihr.

Sie kämpft verzweifelt mit all ihrem Lebenswillen. Vergebens!

Als sie wieder zu sich kommt, liegt sie zitternd am Boden, erschöpft und voller Schmerzen.

Der Gedanke an Joe gibt ihr neue Kraft. Sie richtet sich auf.

Da sieht sie Coloradas Victorio.

3

Sie hat ihn noch nie gesehen. Dennoch weiß sie sofort, daß dieser Apache der gefürchtete und fast schon legendäre Coloradas Victorio ist, Red Vic genannt.

Red Vic ist nicht größer als die meisten seiner Krieger. Er würde sich kaum von einem Durchschnittsapachen unterscheiden, wenn die brennenden Augen nicht wären und sein Mund nicht besonders breit, hart und grausam wirkte.

Hinter diesen Augen brennt ein tödlicher Wille.

Als einstiger Missionsschüler spricht er die Sprache der Amerikaner recht gut. Gewiß hat er immer wieder Gelegenheit, sich mit Weißen zu unterhalten.

Sein funkelnder, brennender Blick hält Ann Sherbun fest. Sie ahnt in ihrer Not gar nicht, wie sehr sie mit ihrem roten Haar und den grünen Augen auf diesen Apachen wirkt.

Dazu kommt, daß sie wie eine Löwin kämpfte.

»Ihr habt viele von meinen Kriegern getötet«, sagt Red Vic. »Besonders dieser da ist ein Mann, wie ich noch keinen sah.«

Er deutet auf Les Quinnahan, der am Boden liegt.

Auch Ann sieht auf Quinnahan, und sie erschrickt. Es sieht aus, als wäre Les Quinnahan tot. Sein Haar ist von Blut verklebt.

Überall sind Apachen im Haus. Sie stehlen, was sie können.

Aber Ann achtet nicht darauf. Sie sieht Red Vic an und sagt:

»Meinen Mann habt ihr schon getötet. Ich habe nur noch seinen Sohn, der krank ist und vielleicht auch sterben wird, selbst wenn ihr ihn am Leben lassen würdet. Ich mußte für meinen Sohn gegen euch kämpfen. Dieser Mann da hätte sich retten können. Doch er blieb, weil er eine Frau und einen kranken Jungen nicht allein lassen wollte. Ja, er ist ein Mann. Ich wünschte, ich hätte ihm das noch sagen können. Er ist ein Mann, der zum Salz der Erde gehört. Doch er ist nicht mein Gatte.«

Trotzig verstummt sie.

Um Red Vics harte Mundwinkel spielt ein grausames Lächeln.

»Ich weiß«, sagt er. »Einer meiner Krieger kannte deinen Mann und wußte genau, wo sein Haus und seine Familie zu finden waren. Wir wissen mehr über die Weißen in diesem Land, als sie ahnen. Dein Mann hat mit anderen Männern Skalps erbeutet, Apachenskalps! Sie überfielen mein Dorf, als fast alle Krieger fortgeritten waren. Sie töteten unsere Frauen, Kinder und die alten Männer. Sie schlugen und schossen sie alle tot, so sehr haßten sie die Apachen – und so gierig waren sie auf die Golddollars für die Skalps. Wir verfolgten sie, verlegten ihnen den Rückweg nach Tucson, trieben sie vor uns her und töteten sie Mann für Mann. Dein Mann war der letzte dieser Mörder. Kannst du mir sagen, wie ein weißer Mann, der daheim Frau und Kind hat, es fertigbringt, die Frauen und Kinder von roten Männern zu töten? Glauben die Weißen, wir wären Tiere, die keinen Schmerz empfinden, wenn sie das Liebste verlieren, das sie auf dieser Welt besitzen? Aaah, wir werden auch dich und deinen Sohn töten, einfach erschlagen, so wie viele unsere Frauen und Kinder erschlagen wurden.«

In seiner Stimme ist ein Beiklang von Schmerz und unsagbarer Bitterkeit. Trotz ihrer Not bgreift Ann, daß dieser Apache, der so blutdürstig und grausam sein soll, in seinem Herzen echten, bitteren Schmerz verspürt.

»Es tut mir leid«, sagt sie, mehr nicht. Aber sie sieht Red Vic fest an, und sie wirkt sehr stolz, mutig – und ehrlich. Ja, er kann ihr unschwer ansehen, daß es ihr wahrhaftig leid tut. Irgend etwas ist an ihr, daß sogar dieser Apache an die Aufrichtigkeit ihrer Worte glauben muß.

Er wendet sich von ihr ab und tritt an das Bett des bewußtlosen Jungen. Er kann erkennen, wie schlimm Joes Fieber ist.

»Was ist mit ihm geschehen?« fragt er über die Schulter.

»Er kletterte auf den Felsen der Apache-Springs«, erklärte Ann. »Ich fand ihn abgestürzt und glaubte, er wäre tot. Er wird nicht spüren, wenn ihr ihn tötet. Vielleicht war es deshalb gut, daß er abstürzte.«

»Wie alt ist er?«

»Neun Jahre.«

»Hätte er auch gegen uns gekämpft?«

»Sicherlich!« Ann sagt es trotzig.

Coloradas Victorio wandert langsam umher, sieht sich alles an, und einige seiner Krieger, die mit im Haus sind, stehen stumm an den Wänden und warten. Sie haben sich mit den Kleidungsstücken ausstaffiert, die sie fanden. Einer hat sich Anns rotes Seidenkleid als Schärpe um die Hüften gewickelt. Vielleicht will er es einer Apachin verehren – ja, vielleicht muß er sich eine neue Squaw suchen, weil man seine getötet hat.

Red Vic tritt zu dem bewußtlosen Les Quinnahan und stößt ihm die Fußspitze in die Seite.

Quinnahan bewegt sich nicht. Doch er ist am Leben.

Seine Kopfwunde blutet immer noch. Also arbeitet sein Herz.

Ann Sherburn sagt plötzlich: »Er ließ einen deiner Krieger, der verwundet war, aufstehen und gehen. Er kämpft nicht gegen Verwundete, und nun ist er selbst verwundet und hilflos.«

Red Vics Augen funkeln und glühen, als er das hört.

Er sinkt bei Quinnahan in die Hocke nieder, dreht ihn auf den Rücken und betrachtet ihn aufmerksam.

Aber dann zuckt er leicht zusammen. Offenbar sieht er etwas, was ihn vor Staunen oder Schreck zusammenfahren läßt.

Ann versucht herauszufinden, was es sein kann. Sie sieht, wie Red Vic Les Quinnahans rechten Unterarm in seine Hände nimmt und auf eine Tätowierung über dem Handgelenk starrt.

Es ist ein großes Q, nicht kleiner als ein Golddollar. Dieses Q steht gewiß für Quinnahan, und es ist nicht ungewöhnlich.

Auch Anns Sohn Joe hat eine Tätowierung, nur ist es bei ihm ein JS. Fast alle Kinder in diesem Land tragen solche Zeichen. Das hat einen besonderen Grund. Denn es kommt immer wieder vor, daß die Apachen kleine Kinder entführen, ja sogar Babys aus den Wiegen rauben. Die Apachen rechnen auf ihre Art. Jedes weiße Kind, aus dem sie einen Apachen machen können, schwächt nicht nur die Zahl der Weißen im Land, sondert vergrößert die Zahl der Apachen. Deshalb nutzen sie fast jede Gelegenheit, Kinder zu rauben, wenn diese nur klein genug sind, um als Apachen heranzuwachsen.

Deshalb lassen die Weißen schon seit vielen, vielen Jahren ihre Kinder tätowieren, denn oft genug fand man bei den Apachen Weiße, die nicht mehr identifiziert werden konnten. Sie waren damals, als man sie raubte, noch zu jung, um sich an die Eltern erinnern zu können. In den Jahren bei den Apachen veränderten sie sich zu sehr, um von ihren Eltern mit Sicherheit wiedererkannt zu werden.

Deshalb also die Tätowierungen.

Auch Les Quinnahan hat eine solche, denn er wurde in diesem Land geboren.

Red Vic starrt auf das Q. Er reibt sogar mit dem Daumen darüber, als müßte er sich davon überzeugen, ob es echt sei.

»Wie heißt er?« fragt er scharf.

»Quinnahan, Les Quinnahan«, erwidert Ann, und für einen Moment vergißt sie alle Not und Gefahr. Irgendwie spürt sie, daß in diesen Minuten etwas passiert, was mit dem Kampf hier nichts zu tun hat.

Coloradas Victorio erhebt sich schnell aus der Hockstellung.

In der Sprache seines Volkes erteilt er Befehle. Seine Krieger zögern etwas, doch seine Stimme wird noch schärfer und härter. Da gehorchen sie.

Alles, was sie sich nahmen und schon als Beute betrachteten, legen sie zurück. Dann drängen sie durch die Tür hinaus.

Rec Vic geht zuletzt. In der Tür wendet er sich noch einmal um.

»Vielleicht kannst du deinen Sohn und auch diesen Mann gesund pflegen«, sagt er. »Eines Tages werde ich kommen und nachsehen. Dieses Land wird bald ganz den Apachen gehören. Auch ihr werdet von hier fortziehen, sobald dein Sohn und dieser Mann gesund sind.«

Er will gehen, doch nochmals verharrt er und starrt Ann Sherburn mit einen umfassenden Blick an.

»Du bist schön. Die Skalpjäger töteten einen meiner Söhne. Er war nicht älter als dein Sohn. Vielleicht – wenn dein Sohn gesund ist – komme ich, um ihn zu holen. Würdest du mit ihm zu uns kommen?«

Sie erschrickt. Ihre Hand macht eine Bewegung zum Hals, als müßte sie einen Schrei zurückhalten.

Er lächelt grausam. »Wir werden sehen«, sagt er. »Wenn dieses Land den Apachen allein gehört, wird alles anders sein!«

Nun wendet er sich und gleitet hinaus.

Unmittelbar danach tönt der trommelnde Hufschlag der Apachenpferde und verklingt langsam.

Ann Sherburn wischt sich über das Gesicht. Als sie ihre Augen wieder öffnet, sieht sie, daß alles kein Traum, sondern Wirklichkeit ist.

Sie hat gekämpft – und dann war sie in der Gewalt der Apachen.

Doch nun sind sie fort. Sie und Joe leben noch.

Les Quinnahan aber liegt immer noch blutend am Boden.

Lebt auch er?

Sie kniet nieder und betrachtet die Tätowierung auf seinem Unterarm, und sie weiß mit ziemlicher Bestimmtheit, daß Coloradas Victorio ihn nur wegen dieses Zeichens am Leben ließ.

Was für eine Bewandtnis hat es mit diesem Q?

Sie kann nicht länger darüber nachdenken. Mit jähem Schrecken begreift sie, daß sie keine Zeit verschwenden darf, wenn sie Quinnahan retten will.

Sie sieht nach seiner Kopfwunde und findet noch zwei weitere Verletzungen an seinem Körper.

Obwohl sie soeben noch müde und ausgebrannt war, erschöpft und voller Schmerzen von ihrem Kampf mit den Apachen, überwindet sie alle Schwäche und macht sich an die Arbeit.

Immer wieder denkt sie darüber nach, was die Tätowierung bedeuten könnte.

Denn es sah so aus, als wäre Red Vic dieses Zeichen wohlbekannt.

Les Quinnahan liegt drei Tage und Nächte völlig bewußtlos und nimmt außer ein paar Löffel Tee keinerlei Nahrung an.

Am vierten Tag öffnet er zum ersten Male die Augen und begreift, wo er sich befindet. Doch noch bevor er fragen kann, welches Wunder geschehen sein mag, schläft er wieder ein. Sein Fieber läßt nach, und er redet auch nicht mehr wirres Zeug durcheinander.

Am Nachmittag des fünften Tages kann ihn Ann mit einigen Löffeln Fleischbrühe füttern. Sie lächelt ihm zu und sagt ihm, daß alles in Ordnung ist, daß auch Joe sich auf dem Weg zur Besserung befindet.

Immer noch ist Les Quinnahan zu schwach, um Fragen zu stellen. Er hat an Gewicht verloren, ist hohlwangig und kraftlos.

Am sechsten Tag ißt er schon besser. Ann wäscht und rasiert ihn, danach fühlt Les Quinnahan sich so kräftig, daß sie ihm endlich berichten kann, was geschah.

Er liegt mit geschlossenen Augen und denkt darüber nach. Sein Verstand arbeitet noch langsam. Er muß sich sehr anstrengen.

Ann glaubt nach einer Weile, daß er eingeschlafen sei. Doch da öffnet er seine Augen und fragt: »Und Sie hatten den Eindruck, Ann, daß er mich am Leben ließ, weil er die Tätowierung an meinem Unterarm entdeckte?«

Sie zögert, dann aber nickt sie.

»Nicht nur er – auch die anderen Apachen starrten auf dieses Zeichen. Ja, mir schien es so, als gäbe das Zeichen den letzten Ausschlag zur Schonung unserer Leben. Les, was hat es für eine Bewandtnis mit dieser Tätowoerung?«

Zwischen ihnen gibt es schon viel Gemeinsames. Sie waren zusammen in Lebensgefahr. Er ist bei ihr und dem Jungen geblieben und setzte sein Leben für sie ein. Sie wissen, daß sie sich stets aufeinander verlassen können – immer wieder.

Er schließt seine Augen. Erst nach einer Weile beginnt er zu erzählen:

»Ich habe eine kleine Schwester. Vor etwa zehn Jahren wurde sie von Apachen geraubt. Ich erfuhr es erst, als ich vor fünf Jahren aus dem Krieg ins Arizona-Territorium zurückkehrte. Seitdem suche ich nach meiner Schwester. Sie muß jetzt siebzehn Jahre alt sein, und es gibt mehr als einen Hinweis, daß sie bei den Apachen lebt. Aber wo? Auch meine Schwester Ysabel hat die gleiche Tätowierung am Handgelenk oder am Unterarm. Unsere Eltern ließen das machen, weil damals immer wieder Kinder geraubt wurden. Wahrscheinlich kennt Red Vic meine Schwester. Unser Zeichen ist nicht häufig. Er weiß, daß ich der Bruder sein muß. Wahrscheinlich steht ihm meine Schwester sehr nahe, so daß er mich, ihren Bruder, schonen mußte. Eine andere Erklärung finde ich nicht. Seit Ende des Krieges suche ich nach Ysabel. Ich erhielt einige Hinweise, doch bis jetzt war all mein Suchen erfolglos. Ich war überall, wo Apachen leben. Ich forschte bei den Mescaleros, Coyoteros,Tontos, Lipans, Jicarillas und den Chiricahuas, soweit ich an die einzelnen Stämme und deren Untergruppen herankommen konnte. Ich fragte alle Händler, die mit den Bronco-Apachen zusammenkommen, alle zahmen Apachen, die noch Verbindung zu ihren wilden Vettern haben. Ich ritt in diesen Jahren ruhelos im Apachenland umher und suchte nach meiner Schwester oder wenigstens nach Anhaltspunkten. Doch bis auf einige unbestimmbare Andeutungen fand ich keine Spur. Aber jetzt! Jetzt weiß ich, daß ein Häuptling wie Red Vic das Zeichen kennt und mich wahrscheinlich deshalb am Leben ließ. Ich werde mich an Red Vics Stamm halten müssen. Bei ihm . . .«

Er hält inne. Seine Augen öffenen sich weit. Ann sieht, daß Erschrecken in ihnen steht. Zugleich begreift sie selbst, was ihn so erschreckt.

Colorads Victorios Dorf war ja von Skalpjägern überfallen worden. Frauen und Kinder wurden erschlagen.

Anns Stimme klingt gepreßt, als sie sagt: »Les, ich weiß genau, was Sie jetzt befürchten. Aber diese Skalpjäger haben doch wohl eine Weiße von einer Apachin unterscheiden können.«

»Vielleicht nicht«, erwidert er heiser. »Der Überfall erfolgte noch vor Morgengrauen, wie ich in Erfahrung bringen konnte. Meine Schwester muß dunkelhaarig sein wie ich. Sie trug gewiß die Tracht der Apachenmädchen und -frauen, also eine bunte Bluse und einen knöchellangen Rock. Die Sonne wird meine Schwester tiefbraun gebrannt haben. Es ist leicht möglich, daß sie von einem dieser Skalpjäger . . .«

Er spricht nicht weiter. Doch in seinem Blick erkennt Ann den wilden Zorn. Die Erregung läßt ihn in Schweiß ausbrechen, und die Schwäche überfällt ihn wieder.

Er wird vor Erschöpfung bewußtlos.

Ann Sherburn betrachtet ihn mitleidig. Ja, sie hatte schon früher von ihm und von seinem ruhelosen Herumstreifen gehört. Daß er nach einem Mädchen suche und irgendwo eine Goldmine besäße, von der er sich immer wieder Gold hole, um seinen Lebensunterhalt zu bestreiten. Sie hörte auch von seinen Kämpfen mit anderen Revolvermännern und Banditen, die oft hinter ihm her waren, um die Lage der Goldmine zu erfahren. Es gibt viele Geschichten und Gerüchte über Lesly Quinnahan.

Nun aber weiß sie, was ihn wirklich antreibt. Er sucht seine Schwester, die vor dem Krieg von Apachen geraubt wurde. Das ist nun zehn Jahre her. Aus einem siebenjährigen Kind wurde ein erwachsenes Mädchen. Nicht nur bei den Apachen, sondern auch bei den Weißen hier ist ein Mädchen dieses Alters eine heiratsfähige Frau.

Ann Sherburn hat Mitleid mit Les Quinnahan.

Sie sieht nach ihrem Sohn, der auch schläft. So geht sie hinaus, denn es gibt viel für sie zu tun. Die Apachen haben eine Menge zerstört und mit ihren Pferden auch den Gemüsegarten verwüstet.

Ann Sherburn muß in diesen Tagen harte Arbeit leisten, um alle Schäden zu beseitigen. Les Quinnahans Wallach ist zurückgekommen. Er läßt sich von ihr reiten, und so kann sie nach dem Vieh sehen. Ein paar Rinder sind den Apachen entkommen. Sie findet getötete Tiere, deren Fleisch sie verwenden und darum den beiden Kranken stets kräftige Mahlzieten vorsetzen kann.

Als sie eine Weile im Garten gearbeitet hat, sich aufrichtet und das Haar aus der Stirn streicht, sieht sie eine kleine Abteilung US-Kavallerie heranreiten.

Ein junger Leutnant, dessen Blick jedoch alt wirkt, führt die Abteilung an. Sergeant Mike O'Connor, den sie gut kennt, ist bei dem jungen Offizier, wahrscheinlich als Lebensversicherung für diese Patrouille. Denn Mike O'Connor ist in diesem Land erfahren. Er läßt die Abteilung bei der Quelle halten und kommt hinter dem Leutnant herübergeritten.

Ann Sherburn nickt knapp, als die beiden Soldaten grüßen.

»Die Armee kommt immer um einige Längen zu spät«, sagt sie bitter und nicht ohne Verachtung. »Ich habe mich bereits gefragt, ob man in Fort Grant überhaupt schon gemerkt hat, daß Colaradas Victorio eine breite, blutige Bahn nach Norden zog?«

Der Leutnant wird dunkelrot. Und Master-Sergeant Mike O'Connor muß würgend schlucken.

»Coloradas Victorio hatte mehr als hundert Krieger«, brummte er heiser. »Er legte unserer ausrückenden Abteilung einen Hinterhalt und vernichtete sie fast völlig. Wir müssen mit einem großen Apachenkrieg rechnen, denn Red Vic gilt nun als glückhafter Häuptling. Die Krieger aller Stämme werden zu ihm stoßen, um unter ihm gegen die Weißen zu kämpfen. Bei den Apachen ist die Häuptlingswürde nicht erblich. Der Tüchtigste wird zum Häuptling gewählt. Und wenn dieser Coloradas Victorio noch ein oder zwei Kämpfe gegen die Armee gewinnt, gilt er beim Apachenvolk als der große Mann. Selbst Häuptlinge wie Cochise werden sich ihm dann anschließen. Sie haben Glück gehabt, Madam, daß die Apachen nicht hierherkamen und . . .«

»Sie waren hier«, unterbricht ihn Ann kühl. »Vor

genau sechs Tagen waren sie hier und drangen durch das Dach in mein Haus ein. Ich habe die Dachschindeln erneuert, sonst hätten Sie es sehen können. Wir haben hier gekämpft.«

Das Gesicht des erfahrenen Sergeanten wird ernst. Der junge Leutnant schaut Ann ungläubig an.

»Aber doch wohl nicht gegen Red Vic«, sagt er.

Ann stützt sich auf den Spaten und erzählt ihnen mit kurzen Worten alles.

Als sie fertig ist, pfeift der Sergeant ziemlich respektlos in Gegenwart des Offiziers durch die Zähne. Sein sommersprossiges Iren-Gesicht bekommt einen sehr nachdenklichen Ausdruck.

»Leutnant«, sagt er, »das ist sehr wichtig! Das müssen Sie in Ihren Patrouillenbericht schreiben und schon bei der mündlichen Meldung erwähnen.«

»Was?« fragt der Leutnant.

Mike O'Connor reißt die Augen auf. Doch dann begreift er, daß der junge Offizier noch nicht lange genug im Land ist, um Bescheid zu wissen. Er begreift, daß er es ihm erklären muß. Darum sagt er geduldig und fast väterlich:

»Das ist so, Sir: Dieser Lesly Quinnahan ist ein Kriegsheld der ehemaligen Konföderiertenarmee des Südens. Mit zwanzig Jahren wurde er zum Captain auf Kriegszeit befördert. Nach dem Krieg zog er umher. Er wurde ein Revolvermann, der sich im Land auskennt und es mit jedem schlauen Apachen aufnehmen kann. General Crook wollte ihn als Chef-Scout gewinnen, doch Quinnahan lehnte ab. Man sagt, er müsse dauernd ruhelos umherreiten. Überdies soll er eine verborge Goldmine besitzen, aus der er sich immer wieder holt, was er zum Leben braucht. Und man munkelt auch, daß er einen Tick hat und nach seiner kleinen Schwester sucht, die vor dem Krieg von den Apachen geraubt wurde.«

»Na und?« fragt der Leutnant.

Der Blick des Sergeanten wird mitleidig.

»Die Armee«, sagt er, »kann jetzt mit Les Quinnahan ein Geschäft machen, denke ich. Auch Captain Banteen wird so denken. Quinnahan muß annehmen, daß Red Vic was von seiner Schwester weiß oder diese gar bei Red Vic lebt. Er wird das Mädchen holen wollen. Aber um Red Vic haben sich schon mehr als dreihundert Krieger gesammelt – und es werden immer mehr! Quinnahans Chance ist die, daß die Armee den Krieg gegen Red Vic gewinnt und Red Vic gefangen wird. Wie soll Quinnahan sonst an seine Schwester herankommen? Selbst wenn sie nicht mehr leben sollte, wird er Red Vic haben wollen. Die Armee sollte sich seiner Dienste versichern.«

»Aha«, sagt der Leutnant. »Er ist der große Mann, der mit Hilfe der Armee Red Vic schlagen kann?« Seine Stimme klingt spöttisch.

Doch Mike O'Connor nickt ernst.

»Genau«, sagt er. »Quinnahan wurde in diesem Land geboren. Er kennt alle Schlupfwinkel, in die Red Vic sich zurückziehen wird, wenn ihn die Armee zu sehr bedrängt. Und darauf kommt es an. Das ist der ganze Trick. Es muß jemand Red Vic bedrängen – und man muß ihn dort erwarten, wohin er flüchtet. Dann ist er hin.« Ann Sherburn lauscht diesen Worten.

Dann sagt sie: »In vier Wochen kann Quinnahan vielleicht wieder auf einem Pferd sitzen. Gentlemen, was wird in vier Wochen sein? Werden Sie dann Quinnahan immer noch benötigen?«

4

Die Genesung der zwei Patienten Ann Sherburns macht rasche Fortschritte. Als Joe eines Tages nach seinem Vater fragt, versucht Ann keine Ausflüchte, sondern sagt ihm die Wahrheit.

Joe nimmt es ruhig und gefaßt auf. Er bleibt nur einige Tage sehr still und versonnen.

Eines Tages, als Ann hinter dem Haus zu tun hat, hört sie ihn durch eines der offenen Fenster in Les Quinnahans Schlafzimmer. Quinnahan liegt in Joes Bett. Sie selbst hat Joe zu sich genommen, und er liegt neben ihr in des Vaters Bett.

Er begann nach acht Tagen mit Hilfe einer behelfsmäßigen Krücke umherzuhumpeln.

Sie hört ihn in der Kammer fragen: »Mister Quinnahan, kannten Sie meinen Vater?«

»Sag Les zu mir, Joe. Wenn es dir recht ist, dann möchte ich so etwas wie dein Freund oder Onkel sein. Du kannst dir aussuchen, was dir lieber ist. Ja, ich kannte deinen Vater.«

»Was war er für ein Mann, Mister Quinna . . . äh, Les? Was war mein Vater für ein Mann?«

»Warum fragst du mich, Joe?«

»Wen sollte ich sonst fragen? Wenn du mein Freund oder Onkel sein willst, dann mußt du mir eine ehrliche Antwort geben. Mein Vater war oft fort und ließ uns allein. Mom mußte schwere Arbeit verrichten, und ich konnte ihr noch nicht wie ein Mann helfen. Was war mein Vater für ein Mann?«

Ann Sherburn steht draußen still. Sie möchte einschreiten, verhindern, daß Les Quinnahan diese Frage beantwortet. Sie fürchtet sich vor Quinnahans Antwort.

Doch sie bewegt sich nicht. Sie verharrt mit angehaltenem Atem.

Und plötzlich glaubt sie, daß Les Quinnahan genau die richtige Antwort geben wird – richtig für Joe.

Sie hört Quinnahan sagen: »Dein Vater, Joe . . . Nun, er war ein ziemlich harter Bursche, etwas wild und ruhelos. Vielleicht hätte er mehr daheimbleiben sollen. Es kann aber auch sein, daß er dich, seinen Sohn, schon größer einschätzte, als du wirklich warst. Doch er hat zwei Dinge getan, die ihn wahrscheinlich ganz klar zeichnen. Er baute dieses Haus besonders fest und stark. Ich sah selten so ein fest gebautes Haus in dieser Größe. Reite durch das Land, Joe, und sieh dir die kleinen Ranches an: Es sind Hütten, in denen die Menschen hausen. Dein sonst so ruheloser Vater baute ein gutes Haus! Das ist etwas, was zählt, Joe. Er baute für Frau und Kind ein festes Haus. Er war kein Pfuscher. Und als er wußte, daß er sterben mußte, da hielt er mit aller Kraft durch, bis jemand kam, den er zu euch schikken konnte. Er dachte mit seinen letzten Gedanken an euch. Sein Wille brachte es fertig, länger als ein gewöhnlicher Mann durchzuhalten. Oha, was muß er für einen einsamen Kampf ausgefochten haben! Es gibt kaum einen Menschen ohne Fehler und Schwächen. Dein Vater hatte welche. Ich habe welche. Auch du wirst welche haben. Aber er war ein Mann, dein Vater, der ein festes Haus bauen und durchhalten konnte.«

Ann Sherburn atmet auf. Nach einer Weile hört sie Joe erwidern: »Danke, Les – danke!«

Sie entfernt sich aus der Nähe des Fensters und machte sich wieder an die Arbeit.

Doch sie ist Les Quinnahan dankbar und achtet ihn sehr. Er konnte ihrem Sohn nicht viel über seinen Vater erzählen, und er wollte auch nichts Schlechtes sagen. Denn ein Junge braucht einen Halt. Er mußte an etwas glauben können und es in Erinnerung behalten.

Les Quinnahan gab ihm zwei Tatsachen. Vielleicht wird Joe als Mann stets solide Arbeit verrichten – wie sein Vater es mit dem Haus tat – und Mut bewahren und eisern durchhalten wie der Vater.

Die Tage vergehen. Joe und Les werden gute Freunde. Einmal hört Ann ihren Jungen sogar lachen. Und sie denkt: Das Leben geht weiter, immer weiter. Ein Kind vergißt schneller, und weil Les da ist, vermißt er den Vater nicht so sehr.

Aber sie weiß, es ist nicht nur allein deshalb.

Joe wuchs in diesem Land auf, und seit er denken und begreifen konnte, hörte er immer wieder von Kämpfen mit Apachen und Banditen. Nachbarn und Soldaten starben hier zu oft. Für einen Jungen ist es nicht außergewöhnlich, daß es auch den eigenen Vater erwischte.

Ann und ihre beiden Patienten bekommen in diesen Tagen und Wochen nur wenig Besuch. Dann und wann kommt eine Armeepatrouille, Scouts oder andere Reiter vorbei, die nach Apachen oder verirrten Rindern suchen.

Ann hört, daß ihre Nachbarn, von denen die nächsten nur vier Meilen entfernt wohnten, von Red Vics Kriegern getötet und ihre Anwesen niedergebrannt wurden. Sie sind jetzt hier die einzigen Siedler.

Ann Sherburn fragt sich in diesen Tagen oft, wie es

weitergehen soll, wenn Joe und Les erst gesund sind. Der Tag kommt immer näher, an dem Les Quinnahan fortreiten wird, um weiter nach seiner Schwester zu suchen.

Was soll sie dann tun? Bleiben, um Joe diese kleine Ranch zu erhalten? Oder fortgehen, alles aufgeben? Sie weiß, daß es auch in den Städten nicht einfach sein wird, mit einem Jungen durchzukommen. Sie müßte sich eine Stellung besorgen. Aber dort könnte Joe zur Schule gehen. Er würde gewiß mehr lernen, als sie ihm bisher beibringen konnte.

Mit Schrecken und Unruhe denkt sie immer öfter an Coloradas Victorio.

Was ist, wenn die Armee ihn nicht bezwingen kann? Was wird sein, wenn dieser Apachenhäuptling hier noch mal auftaucht?

Im Verlauf der nächsten Zeit wird ihre Unruhe immer stärker. Sie fühlt sich etwas erleichtert, als Les Quinnahan endlich aufstehen und umherwandern kann. Er hat an die zwanzig Pfund Gewicht verloren, obwohl er vorher schon kein Gramm zuviel wog. Seine hellen Augen liegen tief in den Höhlen. Doch in seinem Blick ist ein ständiges Funkeln, das an einen eingesperrten Löwen erinnert.

Eines Tages trägt er wieder seine zwei Revolver und macht damit Zieh- und Anschlagübungen. Sein Körper ist noch steif. Die kaum verharschten Wunden schmerzen. Dennoch übt er schon wieder.

Zwischendurch hilft er Ann bei kleineren Arbeiten. Sie ist aber noch kräftiger als er. Dort, wo er die Kopfwunde hatte, wächst das Haar langsam nach. Es ist weißes Haar rings um die Narbe. Er wird eine weiße Strähne mitten in seinem dunklen Haar haben.

Einmal, als er Ann gerade hilft, einen Korb voll Maiskolben vom nahen Feld zum Haus zu schaffen, sehen sie Reiter kommen. Es ist schon in der Abenddämmerung, so daß sie die Reiter nicht sofort erkennen können.

Doch dann sehen sie, daß es Apachen sind. Sie kommen zu gleicher Zeit beim Haus an. Les begeht nicht den Fehler, nach den Waffen zu greifen. Doch er stellt sich mit dem Rücken zur Hauswand und behält Ann neben sich. Joe kommt aus dem Haus gehumpelt und stellt sich auf Anns andere Seite, ganz so, als wäre auch er schon ein Mann, der eine Frau beschützen muß.

Die Apachen umgeben das ganze Anwesen. Sie sind staubig, müde und zum Teil verwundet. Man sieht ihnen an, daß sie aus einem Kampf kommen. Einige von ihnen sitzen auf Kavalleriepferden und tragen Uniformteile.

Sie schweigen. Gefahr strömt von ihnen aus.

»Nur ruhig«, flüstert Les Quinnahan. »Wenn sie uns töten wollten, hätten sie es schon getan. Sie wollen etwas anderes, denke ich.«

Ann legt ihrem Sohn einen Arm um die Schultern. Sie hat plötzlich Furcht, denn sie denkt an Red Vics Worte, daß er Joe eines Tages vielleicht als Ersatz für seinen Sohn holen würde.

Dann erkennen sie den Häuptling.

Coloradas Victorio hängt schief auf seinem Pferd. Er ist schwer verwundet, das sieht man auf den ersten Blick. Er kann kaum noch im Sattel sitzen. Nur seine zähe Härte und sein Stolz halten ihn aufrecht.

Er starrt mit brennenden Augen auf die drei Weißen.

»Ich hörte schon vor Tagen, daß deine Kranken wieder auf dem besten Weg zur Gesundung sind«, sagt er zu Ann Sherburn, und seine Stimme klingt heiser vor Schmerz. »Ich denke mir, daß du auch meine Kugel herausbekommen wirst. Also los, fangen wir an!«

Er gleitet langsam vom Pferd, wendet sich an seine Krieger und ruft einige Worte. Les Quinnahan, der die Sprache und viele Dialekte der Apachen gut versteht, weiß, daß Ann, der Junge und er schnell tot sein werden, wenn Red Vic nicht erstklassig behandelt wird. Denn seine Worte sind ein Befehl.

»Vorwärts, Frau!« stößt Red Vic scharf und drängend hervor. Er ist angeschossen, hat eine Kugel im Leib, und er vertraut auf die Hilfe der Weißen mehr als auf die seiner Krieger. Er ist schlau genug, um zu wissen, daß seine Wunde hier desinfiziert werden kann und Ann bessere Hilfsmittel besitzt, um eine Kugel zu entfernen.

Ann begreift, daß sie ihm helfen muß, um Joe, Les und sich zu retten. Von den Apachenkriegern geht eine schweigende, doch mitleidlose Drohung aus. Die drei Weißen sind in den Händen der Indianer.

Ann bewegt sich schnell. Sie schickt Joe in die Wohnküche, damit er das Feuer im Herd anfacht. Dann bittet sie Les, einen Kessel mit Wasser aufzusetzen. Sie selbst folgt Red Vic ins Haus.

Coloradas Victorio lehnt dicht neben der Tür an der Wand und kann sich kaum aufrecht halten.

Ann zündet die Lampe an und räumt den Küchentisch ab. Er ist groß genug für einen gedrungenen Apachen. Zwei Krieger kommen herein. Ann sagt zu Red Vic, daß seine Krieger ihn entkleiden und auf den Tisch legen sollen. Er gibt ihre Befehle mit kehliger, heiserer Stimme weiter.

Ann holt den Verbandskasten. Von ihrer Mutter hat

sie gelernt, Wunden zu behandeln. Fast jede Siedler- und Farmerfrau, die gezwungen ist, fern von einem Arzt zu leben, interessiert sich für alle Möglichkeiten, Wunden zu heilen und gegen verschiedene Krankheiten das richtige Mittel zu finden.

Aber als sie dann bei Red Vic steht und die Wunde betrachtet, wird ihr fast schlecht. Das Geschoß drang tief in den Leib ein. Wenn es Därme zerrissen hat, denkt sie, wird er sterben.

Sie holt eine Flasche mit selbstgebranntem Maisschnaps, der sehr hochprozentig ist. Sie gießt eine Menge davon auf die Wunde.

Red Vic Augen funkeln, sie glitzern fiebrig. Sein Schmerz muß jetzt besonders groß sein, doch sein grausamer Mund bleibt geschlossen. Er stöhnt nicht.

Ann nimmt die lange, spitze Zange und geht damit zum Herd. Hier hat Les den Kessel mit heißem Wasser und in einer kleinen, flachen Pfanne sogar schon kochendes Wasser, in das Ann die Zange wirft.

Sie sieht in Les Quinnahans Augen, und Les sagt: »Ann, ich kann es auch machen, wenn du . . .«

»Die Frau soll es tun«, knirscht Red Vic. »Sie hat auch euch gesund gemacht. Sie besitzt eine glückliche Hand. Siedlerfrauen sind manchmal genausogut wie ein richtiger Arzt. Vorwärts, bevor mich die Kugel umbringt!«

In seiner Stimme ist ein wilder Klang. Gewiß will er nicht bewußtlos werden, sondern bei aller Not Herr der Lage bleiben. Er darf nicht ausfallen, weil seine Krieger an seine Unbesiegbarkeit glauben müssen. Sein Ansehen gerät sonst in Gefahr.

Ann nimmt die Zange aus dem Wasser, kühlt sie etwas ab und nähert sich dem Häuptling, dessen glitzender Blick sie festhält, zwingt und antreibt.

Sie holt tief Atem und wagt es.

Mit der langen spitzen Zange – es ist eine Zange, wie sie die Feldärzte der Armee in ihrem Besteck haben, wenn sie mit der Truppe zum Gefecht reiten – sucht sie in Red Vics Wunde nach der Kugel.

Endlich stößt Ann mit dem spitzen Instrument auf Widerstand. Sie hat Glück, und kann die Kugel gleich richtig fassen. Danach ist alles ganz einfach. Ohne große Schwierigkeiten bringt sie sie heraus und zeigt sie Red Vic. Dieser atmet langsam aus und schnauft dann erleichtert.

Nochmals gießt Ann ihm den hochprozentigen Schnaps in die Wunde. Wie Feuer muß es dort brennen.

Les bringt heißes Wasser und Seife zum Tisch. Sie waschen den Apachen so gut sie können, damit auch in der Umgebung der Wunde alles sauber ist. Nochmals reibt sie alles mit Alkohol ab, drückt dann eine Kompresse auf die Wunde und legt einen Verband an.

Zum Schluß holt sie ein weißes Hemd ihres Mannes. Les hilft ihr, Vic anzukleiden.

»Fertig!« sagt sie. »Ihr habt meinen Mann getötet, und ich rettete jetzt dein Leben, Häuptling. Werdet ihr uns am Leben lassen?«

Red Vic liegt noch bewegungslos da und sammelt Kraft. Doch um seine harten Lippen spielt nun ein fast freundliches Lächeln.

Sein Blick sucht Les Quinnahan.

»Nimm sie und den Jungen und geh mit ihnen fort!« sagt er schwerfällig. »Der Krieg in diesem Land wird schlimmer. Ihr könnt hier nicht bleiben. Selbst ich kann euch nicht vor Kriegern beschützen, die durch das Land ziehen, um zu mir zu stoßen. Geht weit fort von hier!«

Er setzt sich langsam auf und hockt mit baumelnden Beinen auf dem Tisch. In dem weißen Hemd, das ihm zu groß ist, wirkt er seltsam friedlich.

Nur seine breiten Schultern füllen das Hemd aus.

Sein Blick ist klar und hart. Seit die Kugel aus seiner Wunde ist, kann er die Schmerzen leichter ertragen.

Bevor er vom Tisch gleitet, fragt Les:

»Mit wem habt ihr gekämpft?«

Red Vic betrachtet ihn mit grausamem Spott.

»Wir schlagen alle paar Tage eine kleinere oder größere Abteilung der Armee tot«, sagt er. Wir gewinnen jedes Gefecht, und jeder Sieg bringt mir Ruhm und damit mehr Krieger von allen Stämmen. Auch aus den Reservaten brechen sie aus. Bald habe ich mehr als tausend Krieger!«

»Und warum schontest du mich, Häuptling? Ist es wegen dieses Zeichens?«

Les Quinnahan zeigt ihm die Tätowierung über dem Handgelenk.

Er wartet keine Antwort ab, sondern spricht weiter: »Du mußt dieses Zeichen gut kennen, Häuptling! Sahst du es an dem Arm meiner Schwester? Sie muß siebzehn Jahre alt sein. Vor zehn Jahren wurde sie geraubt. Und seit vielen Jahren suche ich nach ihr. Ist sie bei euch?«

Er spricht mit steinerner Ruhe. Sein Gesicht ist starr, dennoch ahnt man, daß unter der Oberfläche ein Sturm von Gefühlen tobt.

Red Vic betrachtet ihn lange. Zweimal sieht es so aus, als wollte er barsch antworten.

Doch beim dritten Ansatz sagt er nur: »Gib es auf, nach ihr zu suchen, Quinnahan. So war doch dein Name? Ja, es gibt ein Mädchen mit einem solchen Zeichen am Arm. Doch sie fühlt sich längst als Apachin. Sie ist glücklich, und sie hat eine große Mission bei unserem Volk. Sie würde dich als Bruder gar nicht erkennen – ja sie würde nicht einmal glauben, daß ein Weißer ihr Bruder sein könnte. Gib es auf, Quinnahan.«

Er rutscht nach diesen Worten vom Tisch. Er könnte lächerlich wirken in dem weißen Hemd und den Apachenmokassins, die wie Stiefel aussehen. Doch sein Gesicht ist zu hart, und seine Augen funkeln zu sehr.

»Wo lebt sie?« Les fragt es bittend.

Red Vic betrachtet ihn seltsam. Vielleicht macht ihn seine Wunde und die Art, wie ihm hier geholfen wurde, zugänglicher. Obwohl er als Kind und Jüngling von Missionaren erzogen wurde, denkt er längst wieder wie ein Apache.

Er zögert leicht. Dann sagt er: »Hast du schon einmal von Juana gehört, der uralten Medizinfrau der südlichen Shiricahuas?«

»Ja, Häuptling!«

Red Vics Augen funkeln stärker. »Sie kann die Zukunft der Apachen lesen. Sie kann viele Dinge künden. Und sie kann heilen und Wunder tun. Es gab immer eine Juana bei uns. Auch deine Schwester wird eines Tages eine Juana sein. Denn sie wurde damals als Schülerin erwählt. Sie war Juanas beste Schülerin und wird ihre Nachfolgerin. Sie wird die Seele der südlichen Chiricahuas – und vielleicht eines Tages des ganzen Apachenvolkes. Laß deine Schwester zufrieden, Quinnahan! Sie ist längst keine Weiße mehr. Sie denkt und fühlt nicht nur wie eine echte Apachin, sondern wie Juana. Das mußt du verstehen.«

Die letzten Worte spricht er mit einem tiefen Ernst.

Dann geht er mühsam hinaus.

Seine Krieger bringen ihm ein Pferd. Er sitzt ohne

fremde Hilfe auf und reitet in die Nacht. Die Krieger folgen ihm schweigend. Es sind mehr als hundert.

Les Quinnahan lehnt auch dann noch bewegungslos an der Wand neben der Tür, als der Hufschlag verklungen ist.

Ann und Joe betrachten ihn.

Dann kommen sie beide zu ihm, jeder an eine Seite. Sie ergreifen seine Hände. Doch sie können nicht viel sagen. Es gibt da einfach nichts zu sagen.

Aber zum ersten Mal seit vielen Jahren erkennt und spürt er, daß es auch einem harten Burschen wie ihm irgendwie guttut, wenn jemand mit ihm fühlt. Er spürt, daß er Joe und Ann ans Herz gewachsen ist. Zwischen ihnen besteht ein festes Band.

»Sie lebt also«, sagt er. »Eine Medizinfrau der südlichen Chiricahuas machte sie zu ihrer Gehilfin und bestimmte sie sogar zur Nachfolgerin. Wahrhaftig, sie muß in diesen zehn Jahren eine richtige Apachin geworden sein. Ann, ich kann meine Schwester doch nicht bei diesen Heiden lassen! Ich muß sie doch von dort fortholen. Was würden unsere Eltern . . .«

Er verstummt, ist verwirrt und wischt sich über das Gesicht.

»Eines daran ist gut«, murmelt er. »Ysabel blieb es erspart, eine Squaw zu werden. Sie wird nicht zu den armen weißen Frauen gehören, die von den Apachenkriegern Kinder bekommen. Sie ist besser dran. Ich werde sie fortholen. Bei den südlichen Chiricahuas . . . bei dem Stamm also, der von Mexiko herüberkam und dessen Führer Coloradas Victorio ist. Wahrscheinlich lebt sie mit dieser Juana an einem heiligen Ort. Ich kenne einige dieser . . .«

Er verstummt und wirkt wieder hilflos. »Aaah, ich

bin ja noch längst nicht gesund. Ich könnte keine vier Stunden im Sattel sitzen. Wann endlich werde ich einigermaßen bei Kräften sein und reiten können?«

»Wenn ich groß genug wäre und meine Mom in Sicherheit warten könnte, würde ich mit dir reiten, Les«, sagt Joe ernsthaft.

Les legt ihm die Hand auf das krause Haar.

»Sicher, Joe«, murmelt er. »Wir wären gute Partner. Doch deine Mutter braucht dich. Es wird gut sein, wenn ich euch in einigen Tagen nach Fort Grant bringe. Wir müssen meinen Nachez dazu bringen, daß er vor einem Wagen geht. Mit eurem leichten Wagen können wir in zwei Tagen Fort Grant erreichen.«

Er sieht Ann fest in die Augen.

»Du willst doch fort von hier, Ann – oder?«

Sie nickt. »Es sei denn«, murmelt sie, »daß die Armee die Apachen aus diesem Teil des Landes vertreiben kann. Dann würde ich bleiben. Wir haben hier unser Heim, Felder und den Garten. Hier können wir leben. Aber ich werde mit Joe wohl nach Fort Grant müssen, denke ich.«

5

Erst am nächsten Morgen kommen die Verfolger. Colorados Victorio hätte also einige Stunden ruhen können, ohne in Bedrängnis zu geraten.

Die Abteilung wird von Captain Howard Banteen selbst geführt. Leutnant John Perrit und Master-Sergeant Mike O'Connor sind dabei. Die sechzig Soldaten werden noch durch ein Aufgebot von Zivilisten verstärkt. Es sind Rancher, Farmer, Siedler, Männer der Post-und-Fracht-Company, Goldsucher, Städter – und einige Strolche, Banditen und Viehdiebe, die auf Apachenskalps aus sind.

Les Quinnahan, der neben der Tür an der Hauswand lehnt und die Reiter scharf betrachtet, bekommt schmale Augen, als er Buff Quade und dessen Kumpane unter den Männern des Zivilaufgebotes erkennt.

Buff Quade, denkt er grimmig. Und er weiß, daß Quade und dessen Freunde nicht lange mit der Armeeabteilung reiten werden.

Buff Quade und seine Kumpane hatten Les Quinnahan vor einigen Wochen aus ganz bestimmten Gründen verfolgt. Doch dann verloren sie seine Fährte, er war ihnen entkommen. Nun aber haben sie ihn wieder aufgespürt.

Er sieht, daß Buff Quade ihn schon erkannt hat. Wahrscheinlich wußte Quade schon vorher, daß sie sich hier wieder begegnen würden.

Buff Quade ist ein quadratischer Klotz von einem Mann, unheimlich stark und unglaublich schnell. Er ist ein erbarmungsloser Mörder, der oft genug mit starken Banden nach Mexiko reitet und dort Raubzüge unternimmt.

Manchmal reitet Buff Quade auch allein oder nur mit einigen Vertrauten.

Das ist jetzt der Fall. Quade hat sich nur vorübergehend diesem Aufgebot angeschlossen, es hat bei ihm nichts zu sagen. Er wird das Aufgebot so schnell wieder verlassen, wie er zu diesem gestoßen ist, wenn es ihm notwendig erscheint.

Captain Howard Banteen läßt seine Abteilung südlich der Quelle anhalten und absitzen. Sie sind offenbar die ganze Nacht geritten, geführt von guten Scouts. Nun machen sie die erste Rast. Der Captain, sein Leutnant und Sergeant O'Connor kommen herübergeritten – dann folgt noch Buff Quade aus der Schar der Zivilisten.

»Kommen Sie herein, Gentlemen«, begrüßt Ann die Reiter freundlich. »Ich habe den Kaffee gleich fertig. Sie machen mir doch die Freude, bei mir Kaffee zu trinken?«

»Gern, Madam«, nickt der Captain. »Aber beantworten Sie mir bitte zuerst eine Frage. War Red Vic hier?«

»Gewiß«, erwidert Ann Sherburn.

»Und warum ließ er Sie alle hier zum zweiten Mal am Leben?«

»Ich mußte ihm eine Kugel aus dem Bauch holen«, erwidert Ann Sherburn. »Das war der Preis. Und ich habe es getan, Captain! Ich habe für ihn getan, was ich nur tun konnte. Ich hoffe, die Armee hält mich nun nicht für Red Vics Verbündete?«

»Nein, ganz gewiß nicht«, erwidert der Captain. »Es kam vor nicht langer Zeit sogar vor, daß die Apachen eine kleine Stadt besetzten und den dortigen Arzt dazu zwangen, einige ihrer verwundeten Krieger zu versorgen. Selbst die Einwohner einer ganzen Stadt wagten es nicht, den Apachen die Hilfe zu verweigern – und ein Arzt ist ja ohnehin dazu verpflichte, auch einem Heiden zu helfen. Red Vic hat also eine Kugel abbekommen. Wird er sterben?«

»Bestimmt nicht«, mischt sich Les Quinnahan in das Gespräch ein. »Er konnte allein auf sein Pferd klettern und fortreiten. Jeden Weißen hätte man auf einer Trage fortschaffen müssen – doch diese Apachen sind aus einer besonderen Substanz. Deshalb schlagen sie auch die Armee fast überall, wenn die Soldaten nicht in großer Überzahl sind.«

Die drei Soldaten bekommen dunklere Gesichter, als sie Quinnahan so reden hören. Doch Buff Quade lacht heiser.

»Ja, Quinnahan, es müßte mehr Burschen von unserer Sorte geben, nicht wahr?«

Er will wie selbstverständlich ebenfalls absitzen und mit den drei Soldaten zum Kaffee in Ann Sherburns Wohnküche gehen.

Doch Les Quinnahan sagt trocken: »Du nicht, Quade – du bist nicht eingeladen. Verschwinde!«

Quade erwidert nichts, sitzt nur stumm und finster brütend auf seinem Schecken und starrt Les an.

Die drei Soldaten, Ann und Joe, die sich nach Quinnahan und Quade umsehen, begreifen plötzlich, daß diese beiden Männer Feinde sind. Sogar der kleine Joe kann das spüren.

»Schon gut, schon gut«, murmelt Quade nach einer Weile und zieht sein Pferd herum.

Die Spannung löst sich etwas, und Ann bittet die Männer ins Haus.

Doch Les Quinnahan folgt nicht. Er bleibt draußen und beobachtet Buff Quade. Er sieht, wie dieser sein Pferd tränkt, seine Wasserflasche füllt und dann umherzuschlendern beginnt. Mehrmals blickt Quade zu ihm herüber und grinst seltsam.

Quinnahan setzt sich plötzlich in Bewegung. Er geht zur Scheune hinüber und tritt um die Ecke. Er braucht nicht lange zu warten. Dann kommt Quade um die andere Ecke, nähert sich langsam, hält an und starrt auf Les. Quade kaut an einem Grashalm. Sein Gesicht ist breitflächig, mit einer flachen Nase und kleinen, braunen Augen.

Sein Gebiß und die mächtigen Kiefer erwecken den Eindruck, daß er Steine zerkleinern könne wie Walnüsse.

»Nun, Freund Quinnahan«, sagt er, »wollen wir nicht doch unser Geschäft machen? Glaub mir, es wird für dich das beste Geschäft deines Lebens. Denn eines Tages erwischen wir dich irgendwo und zwingen dich, die Lage der Goldmine zu verraten. Wir bringen auch einen harten Burschen wie dich zum Reden! Warum willst du dir erst die Haut abziehen lassen, wenn du dabei nichts gewinnen kannst? Mach mich zu deinem Partner. Das bringt dir mehr ein. Nun?«

Les Quinnahan betrachtet ihn nachdenklich, und seine Augen werden dabei schmal. Sein immer noch hageres und hohlwangiges Gesicht bleibt ausdruckslos. Quade kann darin nichts erkennen.

Nach einer Weile – während die Feindschaft zwischen ihnen wie ein kalter Hauch weht und sie diesen Anprall körperlich zu spüren glauben – murmelt Les Quinnahan merkwürdig sanft: »Nun, Quade, vielleicht hast du eines Tages wirklich Glück und ich mache dich zu meinem Partner. Du und deine Freunde, ihr seid schon Monate auf meiner Fährte. Ihr wollt auf diese Weise herausfinden, woher ich immer wieder das Gold hole, von dem ich lebe. Nun, vielleicht findet ihr das eines Tages heraus. Gebt euch nur recht viel Mühe!«

»Das werden wir«, grinst Quade breit.

Les Quinnahan betrachtet ihn noch einmal aus schmalen Augen, wendet ihm den Rücken und geht zum Wohnhaus hinüber. Als er in die Küche tritt, leeren die Männer gerade ihre Tassen. Sie erheben sich.

Der Captain blickt Quinnahan an und sagt bedauernd: »Ich sehe Ihnen an, Les, daß Sie noch nicht in der Lage sind, mit uns zu reiten. Aber ich bin sicher, daß ich mit Ihrer Hilfe Red Vic bald aufspüren könnte und kaum in einen Hinterhalt rennen würde. Schade, Les, daß ich Sie nicht um Hilfe bitten kann. Diesmal könnten Sie kaum ablehnen. Wenn Red Vic noch einige Siege erringt, wird er bald mehr als tausend Krieger der verschiedensten Stämme hinter sich haben. Dann . . .«

Er bricht ab und macht eine müde Bewegung, die deutlich sagt, daß ein Mann wie Les Quinnahan sich wahrscheinlich noch viel besser als jeder andere Mann ausmalen kann, was dann alles sein wird.

»Ich habe es Missis Sherburn schon gesagt«, spricht er weiter. »Sie wird hier bald nicht mehr ohne Schutz sein. Die Armee will im ganzen Land befestigte Camps errichten, von denen aus ständig Patrouillen unterwegs sind. Denn die Apachen haben zu großen Spielraum. Sie können immer wieder in diesem unermeßlich wilden und unübersichtlichen Land verschwinden. Wir verlieren sie aus den Augen – und dann tauchen sie zumeist dort auf, wo man sie ganz und gar nicht vermutet. Mit Missis Sherburns Einverständnis wird hier Camp Apache Springs errichtet. Missis Sherburn bekommt von der Armee eine Entschädigung dafür, daß ihr Grund und die Quelle benutzt werden. Doch das Beste an der Sache ist wohl, daß sie unter gutem Schutz leben wird. Ein Wagenzug ist von Fort Grant aus unterwegs. Ich bin der Kommandant von Camp Apache Springs. Les, ich wäre sehr froh, wenn Sie mir helfen würden.«

Er blickt Les Quinnahan offen an. Der Captain ist einer von den wenigen Armeeoffizieren, die Les Quinnahan mag, denn dieser Mann ist erfahren, bescheiden, mutig und sehr verantwortungsbewußt.

Ihm fehlt jede Arroganz der Offizierskaste, und er wird von seinen Untergebenen nicht wegen seines Ranges geachtet und respektiert, sondern allein wegen seiner Persönlichkeit.

»Wir werden sehen«, sagt Quinnahan. »Ich helfe Ihnen gern, How, wenn ich kann. Wir werden sehen.«

Danach gehen sie alle hinaus. Joe, Ann und Les sehen zu, wie die Abteilung und das Zivilaufgebot wieder aufsitzen und davonreiten.

»Ist dieser Quade dein Feind?« fragt Ann langsam.

Les späht immer noch hinter der Abteilung her. In seinem Blick ist ein Ausdruck von Bitterkeit.

»Quade ist ein Bandit, ein Mörder, ein ewig hungriger Hai. Seit einiger Zeit ist er mit einigen Freunden hinter mir her. Ich soll ihnen die Lage meiner Goldmine verraten. Sie glauben, daß ich irgendwo eine verborgene Goldmine besitze. Einige Male konnte ich diese gierigen Schufte schon abschütteln. Doch sie spüren mich immer wieder auf. Ann, es ist ein Glück, daß die Armee hier ein befestigtes Camp errichten will, solange die Apachengefahr anhält. Ich bin sehr froh. Dann kann ich in einigen Tagen fortreiten, ohne mir um euch Sorgen machen zu müssen.«

Sie sieht ihn aufmerksam an und fragt nicht nach der Goldmine.

»Würdest du dir große Sorgen machen, Les?«

Er blickt sie an und nickt. In seinen Augen erkennt sie alles. Ja, er liebt sie. Sie hat es von Anfang an gewußt.

»Ich werde von jetzt an in der Scheune schlafen«, murmelt er. »Es ist besser so, Ann Sherburn.«

Sie schluckt mühsam. Ihre Augen sind weit geöffnet. Dann nickt sie.

»Ja«, murmelt sie.

Zwei Tage vergehen ohne Zwischenfälle. Der Wagenzug aus Fort Grant wird gewiß noch etwas auf sich warten lassen. Die schweren Frachtwagen bewegen sich nur langsam und brauchen vier Tage von Fort Grant nach Apache Springs.

Mit Les Quinnahan geht in diesen zwei Tagen und der einen Nacht eine deutliche Veränderung vor sich. Es ist, als bekäme er mit jeder Stunde so viel von seiner alten Kraft und seinen Fähigkeiten zurück wie zuvor an einem Tag. Sogar seine Wangen werden voller. Doch vor allen Dingen sieht man es an seinen Bewegungen. Sie sind wieder geschmeidig und elastisch.

Ann Sherburn entgehen diese Veränderungen nicht, und sogar Joe fällt es auf, daß Les fast völlig gesund ist.

Als es langsam dunkelt, sagt Les, daß er sein Abendbrot nicht in der Wohnküche, sondern draußen auf der Veranda essen möchte. Daran erkennt Ann, daß dort draußen etwas sein muß, was ihn beunruhigt. Schon während der beiden letzten Tage war es ihr, als wittere Les Quinnahan manchmal wie ein Wolf in die Runde, wenn er aus schmalen Augen zu den Hügeln ringsum spähte.

»Du willst dich diesmal auf eine andere Art zur Wehr setzen?« fragt sie ihn, als sie ihm das Essen auf den kleinen Verandatisch bringt.

Er starrt sie überrascht an.

»Kann man mir ansehen, daß ich auf Verdruß warte?« fragt er zurück.

Sie nickt langsam. »Ich kenne dich jetzt gut. Du erinnerst mich an einen Wolf, der eine Gefahr wittert. Apachen?«

»Nein«, murmelt er, »keine Apachen. Wahrscheinlich Quade und dessen Kumpane. Sie haben sich von Captain Banteens Abteilung und dem Zivilaufgebot getrennt und sind seit gestern in der Nähe. Sie beobachten uns. Ich glaubte, sie würden in der vergangenen Nacht kommen. Wahrscheinlich kommen sie diese Nacht. Sie können nicht warten, bis der Wagenzug aus Fort Grant hier eintrifft und wir nicht mehr allein sind. Sie werden heute nacht versuchen, mich in ihre Gewalt zu bekommen. Und ich kann nur hoffen, daß sie mich bei dir im Haus vermuten. Du wirst nicht öffnen, Ann, was draußen auch geschehen mag. Deine Schrotflinte würde ich mir gern ausleihen. Ich lasse dir dafür mein Gewehr – ja?«

Sie nickt.

Nach einer Weile fragt sie: »Les, wolltest du deshalb in der Scheune schlafen – wegen dieser Banditen?«

Er sieht sie im Licht des Tages an, und er erkennt etwas in ihren Augen.

»Nicht nur deshalb«, murmelt er. »Du weißt das genau, Ann Sherburn.«

Sie geht zu Joe ins Haus, denn es wird Zeit, daß er ins Bett kommt. Bevor sie ihn ins Bett bringt, stellt sie die Schrotflinte außen neben die Tür.

»Sie ist geladen, Les«, sagt sie.

»Danke«, erwidert er und ißt ruhig seine Abendmahlzeit. Er weiß, daß man ihn in der Abenddämmerung nicht mehr beobachten kann.

Er wartet jedoch, bis die Nacht angebrochen ist, bevor er sich erhebt. Ann schloß inzwischen die Fensterläden und löschte im Haus die Lampe. Sie kommt noch einmal auf die Veranda.

»Les?«

»Ja, Ann?«

»Ich habe Angst um dich.«

»Schließ die Tür und leg den Riegel vor!« erwidert er. »In diesem Land muß man immer vor etwas Angst haben. Ich erinnere mich noch daran, welche Ängste meine Mutter oft ausstehen mußte. Es ist ein verdammt hartes Land. Aber wir müssen darin zurechtkommen, Ann.«

Er erhebt sich, um die Schrotflinte zu holen. Sein Gewehr steht im Haus neben der Tür. Es ist ein erstklassiges Winchestergewehr, so daß Ann nicht ohne Waffe sein wird, wenn sie die Schrotflinte nicht zurückbekommen sollte.

Diese Möglichkeit besteht durchaus.

Als er die Schrotflinte greift, sind sie sich ganz nahe. Ihre Hand legt sich auf seinen Oberarm. Und ihre Stimme klingt etwas spröde, als sie sagt: » Viel Glück, Les Quinnahan!«

Sie wendet sich rasch ab und verschwindet im Haus.

Les geht mit der Schrotflinte und seinen beiden Colts zur Scheune hinüber. Es ist nur ein halboffener Schuppen. Er klettert auf das Dach und legt sich flach darauf nieder.

Wenig später kommt der Mond über die Hügel und taucht alles in sein blasses Licht. Allmählich beginnen die Sterne klarer zu strahlen. Es wird eine helle Arizonanacht.

Etwa zwei Stunden nach Mitternacht kommen sie ganz langsam im Schritt herangeritten.

Es sind Buff Quade und drei seiner Kumpane. Les Quinnahan läßt sich nicht täuschen; denn er weiß, daß er es mit Revolverschwingern zu tun hat, die es mit zwei Dutzend Apachen aufnehmen können. Das da sind Kerle von Buff Quades Schlag. Jeder dieser Burschen kann in einer Fünftelsekunde ziehen und schießen. Diese vier Banditen sind so gefährlich wie eine Sprengladung mit angezündeter Lunte.

Sie sitzen hinter der Scheune ab und binden ihre Pferde an. Dann dringen sie von hinten in die Scheune ein und verhalten vor der Scheune innerhalb des Schattens.

So ähnlich hat Les Quinnahan sich die Sache gedacht. Er hat die Bande genau vor sich. Ohne große Mühe könnte er ihnen zwischen die Schultern spucken.

Sie starren zum Haus hinüber. Sie haben ihre Gewehre aus den Sattelhalftern genommen und tragen sie bei sich.

»Also gut«, hört er einen der Männer brummen, »sagen wir diesem Quinnahan, daß wir ein paar Sprengpatronen haben, mit deren Hilfe wir das Haus wegpusten können, wenn er nicht sofort herauskommt und sich uns ergibt.«

Der Mann hat kaum ausgesprochen, da ruft Les Quinnahan von oben her:

»Vorsicht, ich habe eine Schrotflinte!«

Sie zucken zusammen, wirbelten schon halb herum. Doch dann erfaßt ihr Verstand, daß er was von einer Schrotflinte sagte.

Deshalb verharren sie und halten die Luft an.

Sie wissen genau, was ein Mann aus dieser Entfernung mit zwei Läufen voll Indianerschrot machen kann.

Sie wissen, daß er sie in der Klemme hat.

Mit einem Mal kommen sie sich wie Kinder vor, die einen erfahrenen Wolf fangen wollten.

»Ganz so dumm seid ihr nicht«, sagt er trocken. »Nun gut, jetzt macht weiter! Legt alles ab, was schießen kann – alles!«

Wieder zögern sie und benötigen eine gewisse Zeit, um alles genau abzuwägen. Würde er ihnen nur mit zwei Revolvern gegenüberstehen, so riskierten sie es. Doch mit einer Schrotflinte, in der sich genügend Pulver und mehr als ein Pfund Indianerschrot befinden, ist er ihnen zu sehr überlegen.

Buff Quades Stimme klingt heiser und gepreßt, als er fragt: »Und was dann, Quinnahan, was dann?«

»Ohne Waffen könnt ihr gehen«, erwidert er. »Aber das ist meine letzte Warnung. Solltet ihr nochmals hinter mir herschleichen, weil ihr euch einbildet, daß ich euch die Lage einer verborgenen Goldmine verraten könnte, dann kenne ich keine Schonung mehr. Ich habe genug von euch, endgültig genug! Vorwärts! Los, macht schon!«

Immer noch zögern sie. Ohne Waffen werden sie sich wie Wölfe vorkommen, denen man die Zähne gezogen hat. Ohne Waffen müssen sie sich in diesem Land fürchten.

»Du kannst uns doch nicht ohne jede Waffe . . .«, beginnt Buff Quade.

»Doch, das kann ich!« unterbricht Les Quinnahan ihn. »Wenn jemand damit droht, daß er Sprengpatronen gegen ein Haus werfen will, in dem sich außer mir noch eine Frau und ein Kind befinden, der kommt noch gut weg, wenn ich ihn waffenlos laufen lasse. Wahrscheinlich würde ich ein gutes Werk tun, wenn ich euch mit dem Ding hier umpuste.«

Er klatscht gegen den Kolben der Flinte.

Da geben sie auf; denn sie erkennen in seiner Stimme die unversöhnliche Härte, und sie wissen auch zuviel über ihn und seine Kämpfe, um sicher zu sein, daß er nicht blufft. Sie sagen nichts mehr, stoßen keine Drohungen aus und versuchen auch nicht, ihn umzustimmen.

Als sie den Eindruck erwecken wollen, daß sie fertig seien und seine Befehle genau befolgt hätten, lacht er leise und sagt:

»Für wie dumm haltet ihr mich? Quade, dein Messer! Es kann zwar nicht schießen, doch ich weiß, wie gut du mit diesem schweren Ding werfen kannst. Und du, Gun-Slater, du hast doch stets einen Derringer im Stiefel! Mormon-Stanley, was ist mit deinem Derringer, den du an der Schnur wie ein Amulett am Halse baumeln hast. Wird es bald, ihr Strolche?«

Sie staunen, wie gut er über sie Bescheid weiß. Er kennt nicht nur ihre Namen, sondern auch ihre besonderen Eigenschaften.

»In diesem Land treiben sich überall Apachen herum, denen wir waffenlos in die Hände fallen könnten«, murrt Mormon-Stanley.

Sie gehorchen, doch er spürt ihren Haß wie einen heißen Atem zu sich heraufwehen. Er weiß, daß sie ihm die Haut abziehen werden, sollte er einmal in ihre Hände fallen. Wäre er ein Mörder wie sie, so würde er sie töten, um nicht immer in der Gefahr leben zu müssen, daß sie ihn irgendwann erwischen und sich rächen.

Doch er ist kein Verbrecher – nur ein harter Mann, der in einem harten Land lebt.

Deshalb läßt er sie weg. Er wandert, als sie um die Scheune gehen, auf dem Dach mit und behält sie vor der Schrotflinte. Die Nacht ist strahlend hell. Man könnte eine Zeitung lesen und hat eine weite Sicht.

Die vier Revolvermänner sitzen auf und reiten davon. Als sie so weit sind, daß er sie mit der Schrotflinte nicht mehr erreichen kann, halten sie noch einmal an.

Buff Quades Stimme klingt kehlig, als er feierlich ruft: »Quinnahan, wir bekommen deinen schwarzen Skalp schon noch! Du kannst dich darauf verlassen. Und dann wirst du dich nicht mal durch deine Goldmine freikaufen können!«

Nach diesen Worten reißen sie ihre Pferde herum und galoppieren davon.

Les Quinnahan springt vom Scheunendach. Er kann schon wieder springen, so sehr hat sein Körper die alte Geschmeidigkeit zurückgewonnen.

Als er die Waffen einsammelt, kommt Ann Sherburn aus dem Haus.

Sie nähert sich ihm, und als sie dicht bei ihm ist, fragt sie: »Les Quinnahan, was bist du für ein Mann? Kennst du keine Furcht?«

»Doch«, sagt er. »Nur ein Narr kennt keine Furcht.«

Schon am nächsten Vormittag trifft ein Vorauskommando des Wagenzuges ein. Es besteht aus einem Leutnant und zwölf Mann.

Für Ann Sherburn und deren Sohn beginnt nun eine neue Zeit. Ein kleines befestigtes Camp der Armee wird entstehen – und vielleicht wird sogar eine Stadt daraus.

Ann Sherburns Land rings um die wichtige Apachenquelle ist plötzlich eine Menge wert. Die Armee wird ihr eine Entschädigung für die Nutzung zahlen. Es werden Geschäftsleute kommen, die von Ann Parzellen erwerben wollen, um darauf Geschäfte zu errichten. Die Postlinie wird einen Linienverkehr einrichten, wenn die Dinge erst richtig in Gang gekommen sind. Denn im Schutze eines Armeecamps werden sich die am Leben gebliebenen Weißen einrichten.

Noch bevor es Abend wird, gibt Les Quinnahan der geliebten Frau ein paar gute Ratschläge.

Dann sagt er: »Ann, ich reite heute schon fort.«

Sie steht am Küchenherd, wendet sich hastig um und betrachtet ihn im Lampenschein.

»So schnell?«

»Wenn ich kann«, murmelt er, »darf ich dann wiederkommen? Würdest du dich freuen, Ann, wenn ich . . .«

»Ja«, antwortet sie. »Wenn du willst, dann komm zurück, sobald du kannst. Es ist eine Menge Gemeinsames zwischen uns. Ich spürte es vergangene Nacht, als ich voller Angst wachte, wartete und betete. Ich glaube, wir brauchen dich, Lesly Quinnahan, Joe und ich.«

Sie können nicht weitersprechen, denn Joe kommt herein. Er war bei den Soldaten, und er ist erregt und begeistert darüber, daß es mit ihrer Einsamkeit offensichtlich vorbei ist.

Als Les Quinnahan nach Mitternacht den Sattelgurt seines Pferdes anzieht und die Schnalle schließt, schläft Joe längst.

Les ist fertig zum Abritt.

Als er sich wendet, um von Ann Abschied zu nehmen, steht sie dicht vor ihm. Irgendwie spürt er, daß sie Angst hat.

Les hebt seine Hand und streicht ihr langsam über die Wange.

Sie sprechen nicht darüber, daß Anns Ehe eine Enttäuschung war. Daß Les sie in wenigen Wochen Bill Sherburn vergessen ließ. Sie umarmen sich nicht, aber er spürt, daß Ann Sherburns Gefühle ihm gegenüber sich in letzter Zeit geändert haben.

Mit einer geschmeidigen Bewegung sitzt er auf und reitet an. Weder Mond noch Sterne leuchten. Heute ist die Nacht dunkel und geheimnisvoll. In der Ferne blitzt manchmal Wetterleuchten auf. Vielleicht wird das Unwetter in diese Gegend kommen.

Ann Sherburn starrt in die Nacht, in der Les Quinnahan verschwand. Sein Pferd hat lederumwickelte Hufe, die geräuschloser traben.

Ann Sherburn hat Angst um Quinnahan. Sie denkt verwirrt darüber nach, warum sie ihren Mann so schnell vergessen konnte.

Ist es nur deshalb, weil sie hier in der Wildnis mit Joe nicht allein zu sein brauchte, weil Quinnahan bereit war, mit ihnen zu sterben?

Das war es nicht allein.

Es war etwas an Quinnahan. Er war an Bill Sherburns Stelle getreten, und er hatte Joe und ihr ein Gefühl der Sicherheit und Geborgenheit geben können.

Das hatten sie bei Bill Sherburn nie gehabt, denn er war immer wieder für längere Zeit fort und ließ sie allein. Kein Wunder also, daß in ihrem Herzen nicht mehr viel für ihn zu finden war.

Ann erinnert sich wieder daran, daß sie schon mehrmals mit Joe fortlaufen wollte, irgendwohin, wo sie nicht so allein in der Wildnis leben mußte.

Les würde uns nie allein lassen, um auf Skalpjagd zu gehen und in den Städten Vergnügen zu haben, denkt sie. Les geht nur fort, weil er seine Schwester nicht in den Händen der Apachen lassen kann.

6

Zwei Tage später beobachtet Les Quinnahan von einem Hügelversteck aus Captain Howard Banteen und dessen geschlagene Abteilung beim Rückzug. Zivilisten und Soldaten haben sich vermischt. Sie decken nach allen Seiten die Verwundeten, die man auf Schleppbahren transportiert. Die Toten band man auf die Pferde.

Die geschlagene Abteilung wird immer wieder von kleinen Banden angegriffen und bedrängt. Doch Les Quinnahan erkennt, daß es keine wirklich ernstgemeinten Angriffe sind. Die Apachen wollen die erschöpften und geschlagenen Weißen nur immer wieder beschäftigen und nicht zur Ruhe kommen lassen. Und irgendwann, wenn die Weißen allmählich abgestumpft und gleichgültig wurden, werden die Apachen plötzlich zuschlagen.

Les Quinnahan kann nur hoffen, daß es Captain Banteen gelingt, sie alle bis nach Camp Apache Springs zu bringen. Dort muß inzwischen der Wagenzug eingetroffen sein, und es gibt Verstärkung und Hilfe.

Mit keinem Gedanken erwägt Quinnahan, hinunterzureiten und Banteen zu helfen. Er hütet sich, seine Position zu verraten; denn wenn die Apachen herausfinden, daß er sich durch dieses Land bewegt, so kann er sein Vorhaben aufgeben. Dann bekommt er niemals die Chance, den Ort zu finden, an dem seine Schwester sich aufhält.

Später sieht er die Hauptmacht der Apachen auf der Rückzugsfährte der Weißen reiten. Es sind mehr als hundertfünfzig Krieger. Zusammen mit den kleineren Banden sind die Apachen also etwa zweihundert Mann stark.

Vielleicht schafft es Banteen, denkt Les Quinnahan.

Er späht aus seinem Versteck scharfäugig auf die wilde Horde, die unter ihm von Süden nach Norden ziehen. Er hält Ausschau nach Coloradas Victorio und kann diesen nicht unter den Apachen entdecken. Doch es sind einige andere Häuptlinge aus verschiedenen Stämmen dabei, ein Zeichen dafür, daß Coloradas Victorio nicht nur seine südlichen Chiricahuas zur Verfügung hat. Daß er nicht dabei ist, weil er seine Verwundung ausheilen muß, vergrößert Captains Bantees Chance, den größten Teil seiner Männer retten zu können. Es ist aber auch möglich, daß Red Vic mit einer noch größeren Kriegsmacht anderswo unterwegs ist. Vielleicht zündet er jetzt schon Tucson an allen vier Ecken an. Zuzutrauen wäre es ihm, daß er nach wenigen Tagen der Ruhe trotz seiner Verwundung losreitet, um die Weißen zu besiegen.

Les Quinnahan bleibt noch eine Weile in seinem Versteck, bis er sicher ist, daß dort unten auf der Kriegsfährte niemand mehr geritten kommt, um Anschluß zu finden. Dann erhebt er sich, geht zu der Mulde, in der er sein Pferd ließ, sitzt auf und sucht sich abseits der Fährte einen Weg nach Süden.

Das ist nicht einfach, und er muß oft im Zickzack reiten, Umwege machen, über Hügelkämme, durch Felsengewirr und Kakteenwälder. Es ist ein heißer Tag. Quinnahan muß auch wegen des Staubes vorsichtig reiten. Denn Staubwirbel können ihn genauso verraten wie aufsteigender Feuerrauch.

Die Art, wie Les Quinnahan sich bewegt, beweist, wie sehr er ein Sohn dieses Landes ist. Nur ein erfahrener Apache könnte so vorsichtig schleichen – und nur ein ganz erfahrener Apachenspäher könnte Les Quinnahan entdecken. Les nutzt jede Möglichkeit aus, stets in Deckung zu reiten und selbst gute Sicht zu haben. Er nimmt sich Zeit. Manchmal verhält er zehn Minuten und noch länger im Schutze eines Felsens, von Buschgruppen oder Riesenkakteen, lauscht und späht in die Runde. Seinen scharfen Augen entgeht keine Bewegung. Doch er weiß, daß er in diesen Stunden eine Menge Glück nötig hat.

So wie er vorhin in einem guten Versteck auf einem Hügel lag und bewegungslos beobachtete, können es Apachenspäher ebenfalls. Vielleicht ist sein Vordringen längst entdeckt worden.

Es ist ein gefährlicher Weg, den er reitet.

Trotzdem wagt er es.

Am späten Nachmittag, als die Schatten länger werden und die Sonne bald untertauchen wird, entdeckt er endlich, was er zu finden hoffte. Es ist der Zug mit den verwundeten und toten Apachen, die es von Captain Bantees Abteilung bekommen hatten.

Als Les Quinnahan wieder einmal über einen Hügelkamm hinweg auf die Kriegsfährte späht, sieht er, daß sich der Zug in südlicher Richtung bewegt, also auf die Mexiko-Grenze zu.

Er zählt weit über ein Dutzend Schleppschlitten und ebenso viele Pferde, die mit Toten beladen sind. Ein weiteres Dutzend Krieger führt die Zugpferde der Schleppschlitten und die Tiere, auf denen die Toten transportiert werden.

Banteen und dessen Männer haben hart gekämpft, denkt Les Quinnahan, auch die Apachen haben große Verluste erlitten. Les hat damit die Bestätigung, daß er sich in diesem fähigen Offizier nicht getäuscht hat. Der Hinterhalt war den Apachen nicht gelungen. Sie hatten wahrscheinlich zum ersten Mal so viele Tote und Verwundete.

Doch das ist gefährlich! Quinnahan weiß es gut. Sobald Red Vic eine Gelegenheit findet, wird er seiner Anhängerschaft beweisen wollen, daß sein Kriegsglück nur vorübergehend nachließ. Er wird eine große Sache wagen und gewinnen wollen.

Les Quinnahan beobachtet die langsame Karawane unter sich aufmerksam. Sie ist für ihn die Chance, seine Schwester zu finden. So ähnlich wie es jetzt läuft, hat er es gehofft.

Man wird die Verwundeten dorthin bringen, wo sie Hilfe und Heilung zu erwarten haben – zu der alten Juana, der Medizinfrau, bei der sich Les Quinnahans Schwester Ysabel aufhalten soll.*)

*) Die Apachen unterschieden sich in vielen Dingen von den anderen Indianerstämmen Nordamerikas. Ihre Frauen z.B. waren in allen Stammesfragen den Männern gleichberechtigt. Sie nahmen an den Ratsversammlungen teil, gaben vollgültige Stimmen ab und zogen auch mit in den Krieg, wenn es notwendig war. Es gab berühmte Kriegerinnen und Medizinfrauen unter ihnen. Eine Medizinfrau wie die hier geschilderte Juana war keine Seltenheit.

Quinnahans Hoffnung ist berechtigt. Die alte Juana ist für die südlichen Chiricahuas heilig. Sie sehen in ihr eine Heilerin, eine Seherin und wer weiß noch was.

Wenn der Ort, wo sie zu finden ist, nicht sehr weit entfernt liegt, sind die Verwundeten dorthin unterwegs. Les Quinnahan muß nur dieser Karawane dort unten unbemerkt und unentdeckt folgen können.

Das ist schwer, sehr schwer. Er weiß es und muß es dennoch wagen. In der kommenden Nacht und dem langen Tag danach muß Les Quinnahan seine ganzen Fähigkeiten aufbieten, um diesem Treck unbemerkt zu folgen. Besonders gefährlich wird es für ihn, wenn die Fährte durch eine Schlucht oder über einen Paß führt und es keine andere Möglichkeit gibt, in der gleichen Richtung zu reiten.

Les Quinnahan muß immer wieder damit rechnen, daß die Apachen Späher zurücklassen, die ihre Fährte beobachten und ihre Flucht absichern.

Doch er hat Glück. Vielleicht hätten die Apachen so gehandelt, wenn sie geschlagen worden wären. Aber so ist ihr Rückzug oder ihre Flucht nur ein Insicherheitbringen der Verwundeten und Toten. Sie fühlen sich nicht bedrängt und vertrauen darauf, daß ihre Krieger, die den Soldaten folgen, diese entweder vernichten oder aufhalten können.

Am späten Nachmittag glaubt Les Quinnahan ungefähr zu wissen, wohin es geht.

Er kennt einige Plätze in diesen Bergen, bei denen sich die Stämme aus bestimmten Anlässen oder zu Notzeiten sammeln. Er lebt zu lange in diesem Land, um nicht über viele Dinge Bescheid zu wissen. Auch ist er in den letzten Jahren immer wieder in dieser Bergwildnis herumgeritten und hat gesucht.

Den Ort, zu dem dieser Treck offensichtlich will, kennt er wahrscheinlich besonders gut.

Bei dieser Erkenntnis muß Les Quinnahan über die Launen des Schicksals nachdenken.

Damals, als er kurz nach dem Krieg hier in den Bergen umherstreifte, um Apachen zu finden, die etwas von seiner Schwester wußten, entdeckte er viele verborgene Plätze.

Zeitweilig gelang es ihm, sich Apachen zu Freunden zu machen, Ausgestoßene oder Einzelgänger, die ihn führten und ihm halfen.

Einmal führte ihn ein solcher Bursche, der von seinem Stamm wegen Ehebruchs ausgestoßen worden war, zu einer großen Höhle, in der früher das ›Heilige Feuer‹ gebrannt hatte. Zu jener Zeit, da der spanische Conquistador Francisco Vasquez de Coronado auf der Suche nach den sieben goldenen Städten Ciboles, von denen die Sage erzählte, mit seinen gepanzerten und berittenen Soldaten aus dem Land der Azteken gekommen war.

Damals brannte in jener großen Höhle das Heilige Feuer, und die Apachen kämpften einen blutigen Krieg gegen die Eindringlinge.

Die Spanier waren bis in jene Höhle vorgedrungen, hatten viele Apachen getötet und auch das Heilige Feuer zerstört. Sie hatten die Medizinmänner erschlagen – und waren dann selbst dem Fieber erlegen, das sie bekamen, als sie von dem Wasser der Quelle tranken. Wahrscheinlich hatte einer der Medizinmänner das Quellwasser vergiftet.

In jener Höhle hatte Les Quinnahan noch die Reste von alten Waffen und rostzerfressenen Panzern gefunden.

Dort entdeckte er die Goldader, jene Ader, von der man sich mühelos dicke Brocken abschlagen kann. Schon mehrmals hatte er in den vergangenen fünf Jahren Gold geholt.

Deshalb sind auch Burschen wie Buff Quade und dessen Kumpane hinter ihm her. In diesem Territorium ist es fast unmöglich, unauffällig Gold gegen Geld einzutauschen, besonders dann nicht, wenn es sich um Adergold und nicht um Staub oder Nuggets handelt.

Les Quinnahan denkt über die Laune des Schicksals nach.

Dieser Treck da vor ihm zieht mit größter Wahrscheinlichkeit zur Höhle des Heiligen Feuers.

Les kennt den Weg gut und weiß zwei weitere Möglichkeiten, an diese Höhle heranzukommen.

Er kann es nun wagen, die Fährte zu verlassen, um auf einem anderen Weg das Ziel zu erreichen.

Er kann sich vorstellen, daß eine einflußreiche Medizinfrau eine solche Höhle zu ihrem Hauptquartier machte. Denn dieser Ort hat eine Vergangenheit und ist immer noch heilig. Vielleicht hat sie das Heilige Feuer wieder angezündet und viele alte Erinnerungen neu geweckt.

Wenn Juana in der Höhle des Heiligen Feuers weilt, so muß Les Quinnahan damit rechnen, daß sich auch seine Schwester dort befindet.

Deshalb denkt er mit bitterem Lächeln an die Launen des Schicksals. Zuerst fand er das Gold in jener Höhle, und jetzt wird er vielleicht Ysabel dort antreffen.

Aber was dann?

Er wagt noch nicht, über diese Frage nachzudenken. Zuerst will er hin und nachsehen.

Er lenkt sein gelbes Pferd in eine schmale Schlucht.

Und er hat Glück, ohne es zu wissen.

Denn schon hinter dem nächsten Bergsattel, den er überritten hätte, wäre er von einem Apachenspäher entdeckt worden. Es ist der erste Späher, den die langsam ziehende Karawane auf der Fährte läßt. Nun, da sie sich ihrem Ziel nähern, sind sie so vorsichtig, daß sie sich absichern.

Les Quinnahan entgeht der Gefahr, entdeckt zu werden, noch im letzten Moment, als er in die schmale Querschlucht abbiegt.

Als es dunkel wird, rastet er eine Weile und ißt von dem Proviant, den Ann Sherburn ihm mitgab. Er denkt an sie wie an ein gutes fernes Ziel, das am Ende eines langen Weges auf ihn wartet. Er weiß nicht, ob er dieses Ziel je erreichen kann, aber er will es!

Die Nacht wird etwas heller und verdrängt alle Gedanken an Ann Sherburn. Er konzentriert sich wieder auf die anderen Dinge, auf seine Aufgabe – und auf Ysabel, seine Schwester.

Er reitet weiter.

Bald wird das wilde Gelände so schwierig, daß er zeitweilig absitzen und sein Perde führen muß.

Irgendwann in der Nacht muß er das Tier zurücklassen und seinen Weg zu Fuß fortsetzen. Er findet einen guten Platz für das Tier, an dem es zumindest zwei Tage Futter und auch Wasser hat. Er nimmt sein Gewehr, seine Wasserflasche und Proviant mit. Sein Weg ist oft genug sehr gefährlich. Er muß auf schmalen Felsbändern balancieren und hat immer tiefer werdende Abgründe neben sich.

Noch vor der Morgendämmerung erreicht er den Rand des Canyons, von dem aus er auf eine breite Terrasse niederblicken kann. Ein beschwerlicher Pfad führt von der Canyonsohle herauf. Auf der Terrasse liegen große Felsen. Aus einer Quelle sprudelt klares Wasser, so daß hier reichlich Pflanzen, Gras und sogar Bäume wachsen. Es ist ein herrlicher Platz. Man kann den ganzen Canyon entlang nach Westen blicken, hinaus auf ein weites Tal, durch das sich Hügelketten ziehen.

Oberhalb der Terrasse buchtet sich der Berghang tief ein.

Les liegt auf dem nördlichen Rand des Canyons und hat die Einbuchtung links von sich. Dort, wo sie weit nach Süden in den Canyon hinein vorspringt, befindet sich die Höhle. Der Eingang ist breit und wirkt wie ein großes, geöffnetes Fischmaul.

Die Höhle ist weit und hoch. Tausend Menschen würden darin Platz finden.

Da es noch nicht Tag ist, kann Les Quinnahan den Feuerschein, der aus der Höhle dringt, besonders gut erkennen. Er glaubt, daß man das Heilige Feuer wieder angezündet hat.

Aber auch vor der Höhle brennt ein Feuer. Hier hokken einige Apachen. Einer hat sich abgesondert, sitzt dicht neben dem Terrassenrand, so daß er den Weg vom Canyon herauf und den Canyon selbst bewachen kann.

Les Quinnahan kann nicht viel sehen. Er weiß, daß die Karawane mit den Verwundeten und Toten schon vor vielen Stunden hier angelangt ist. Man wird schon alles für sie getan haben.

Die Sicht wird schlechter, denn die Morgennebel beginnen zu steigen. Les Quinnahan spürt seine Müdigkeit. Er beschließ, ein oder zwei Stunden zu schlafen.

Bevor er einschläft, stellt er sich die bange Frage: Ist Ysabel dort unten? Werde ich sie erkennen? Und was dann?

Als die Sonne steigt und es hell wird, sieht er Ysabel. Er erkennt sie sofort. Obwohl sie die Tracht der Apachenfrauen trägt, eine rote Bluse, einen blauen, knöchellangen Rock, stiefelartige Mokassins, Gold- und Silbermünzen als Ketten und Ohrringe, das schwarze Haar lang und im Nacken mit einem roten Band zusammengebunden, ist die Ähnlichkeit mit ihrer Mutter unverkennbar.

Les Quinnahan hat seine Mutter gut in Erinnerung.

Deshalb ist es ihm möglich, die Schwester so leicht zu erkennen.

Er hätte nie gedacht, daß es so einfach sei.

Zehn Jahre sah er die Schwester nicht, und seit mehr als fünf Jahren sucht er schon nach ihr. Manchmal glaubte er, daß er sich eine unerfüllbare Aufgabe gestellt hätte.

Aber diese dunkelhaarige, von Sonne und Wetter gebräunte Schönheit, die sich so geschmeidig bewegt und nur wenig hellhäutiger wirkt als die Apachen, ist ohne Zweifel seine Schwester.

Mit siebzehn Jahren ist sie voll ausgereift und erwachsen.

Seine Mutter war ebenfalls eine dunkle Schönheit mit blauen Augen, mittelgroß, geschmeidig und außergewöhnlich widerstandsfähig. Sie war im Hochland von Schottland geboren und als Kind in dieses Land gekommen.

Les Quinnahan hat den heftigen Wunsch, aufzustehen und Ysabel zuzurufen, daß hier oben ihr Bruder stand.

Doch zum Glück bekommt er sich rechtzeitig unter Kontrolle und sieht nicht mehr nur seine Schwester, sondern auch alle anderen Dinge dort unten.

Die Apachen bringen die Verwundeten aus der Höhle in die Morgensonne, wohl wissend, daß die Sonne den Kranken hilft, schneller zu gesunden. Später, wenn die Sonne zu heiß brennen wird, schafft man die Verwundeten wieder in die kühle Höhle.

Plötzlich sieht Les auch Coloradas Victorio. Er kommt langsam aus der Höhle und hält sich noch etwas schief. Doch er befindet sich ganz offensichtlich auf dem Weg zur Gesundung. Er kann allein gehen und kommt ebenfalls heraus, weil er die Heilkraft der Sonne ausnutzen möchte.

Auch er setzt sich an den Rand der Felsenterrasse. Vielleicht spürt er eine brennende Ungeduld und fragt sich, ob seine Stellvertreter die Krieger gut genug führen und den Kampf mit den Soldaten und Zivilisten ohne seine Führung gewinnen können. Wahrscheinlich wartet er auch auf Boten, die Nachrichten bringen, wie der bisher unentschiedene Kampf mit Captain Banteens Abteilung weiter verlaufen ist.

Es sind nur wenige kampffähige Krieger zu sehen, dafür mehr als zwei Dutzend Frauen, die mit vielerlei Dingen beschäftigt sind.

Ysabel ist dabei, über dem Feuer in einigen Töpfen irgendwelche Kräuter zu kochen. Zwei jüngere Mädchen helfen ihr dabei. Sie holen die Kräuter aus bestimmten Säcken hervor. Manche zerklopfen sie erst mit Steinen zu einer breiigen Masse, bevor sie damit die Töpfe füllen. Offenbar stellen sie einen besonderen

Tee her, der das Fieber und die Schmerzen der Verwundeten bekämpfen und lindern soll.

Dann bemerkt Les Quinnahan auch die alte Juana. Er ist vom ersten Augenblick an völlig sicher, daß es sich nur um sie handeln kann.

Diese Juana sieht aus, als wäre sie aus der Vorzeit und schon drei Generationen alt.

Man könnte sie auf den ersten Blick für ein verschumpeltes, verhutzeltes und vom Alter gebeugtes Weiblein halten, das sich mit Hilfe eines Stockes nur mühsam von der Stelle bewegt.

Ihr Haar ist schneeweiß und reicht ihr bis zu den Schultern. Sie trägt trotz der schon wärmenden Sonnenstrahlen einen bunten Wollponcho, in den bizarre und geheimnisvolle Ornamente eingewebt sind. Wahrscheinlich haben diese Bilder eine legendäre Bedeutung, und es handelt sich um eine Art Zaubermantel.

Die alte Medizinfrau hat ein raubvogelähnliches Gesicht mit unwahrscheinlich scharfen Augen.

Juana kann sich nicht mehr soweit aufrichten, um den Kopf in den Nacken heben und nach oben sehen zu können. Sie dreht ihren Kopf zur Seite und späht mit einem Auge nach oben. Obwohl Les Quinnahan in guter Deckung liegt und sicher sein darf, daß man ihn nicht sehen kann, glaubt er sich für einen kurzen Moment entdeckt und muß sich erst mit seinem Verstand sagen, daß es nicht möglich ist.

Aber es könnte sein, daß der Instinkt dieser Alten besonders ausgeprägt ist. Les Quinnahan vermeidet es, Juana zu betrachten.

Er blickt in eine andere Richtung und bemüht sich, an andere Dinge zu denken.

Nur aus dem Augenwinkel stellt er von Zeit zu Zeit

fest, daß sie immer noch auf dem Fleck verharrt und nur ihren Vogelkopf bewegt.

Les Quinnahan denkt an Ann Sherburn. Nur so gelingt es ihm, die Apachen aus seinen Gedanken zu verbannen.

Als er wieder einmal kurz auf Juana schielt, sieht er sie am Feuer bei ihren Helferinnen hocken und den Tee prüfen, den sie bereiteten.

Heiliger Rauch, denkt Les Quinnahan. Diese alte Hexe ist mit besonderen Fähigkeiten gesegnet. Ich bin sicher, daß sie einen Feind instinktiv spürt. Ich darf sie nicht ansehen und auch nicht intensiv mit meinen Gedanken bei ihr sein. Sonst schickt sie gewiß einige Krieger herauf, die sich hier oben umsehen. Oha, was nun? Was muß oder kann ich tun, um meine Schwester von hier fortzubekommen? Dort unten ist Coloradas Victorio, der vielleicht morgen schon wieder selbst das Kommando übernimmt. Dort unten ist Juana, an deren Voraussagungen die Apachen glauben. Entweder ist sie es, die mit Red Vics Hilfe den neuen großen Krieg in Gang bringt – oder es ist Red Vic, der sich ihren Einfluß nutzbar macht. Auf jeden Fall arbeiten sie irgendwie zusammen.

Wie kann Les Quinnahan seine Schwester dort herausholen?

Man müßte mit einigen haarigen Burschen an Seilen hinunter, denkt er. Dann könnte man zwei Fliegen mit einer Klappe schlagen. Ich bekäme meine Schwester – und die Armee bekäme Red Vic und die einflußreiche Juana. Das wäre was!

Nachdem er mit seinen Gedanken so weit ist, zieht er sich zurück.

Er weiß jetzt, was zu tun ist. Er muß sich einige Helfer

verschaffen. Obwohl er ziemlich sicher ist, daß dies hier noch eine Weile Red Vics und Juanas Hauptquartier bleibt, muß er sich beeilen, wenn er Red Vic zusammen mit der Schwester in seine Hand bekommen will. Denn den Häuptling hält es hier nicht mehr lange.

Les Quinnahan macht sich auf den Rückweg.

Er hofft, daß er nicht bis Apache Springs reiten muß, um auf Captain Banteens Soldaten zu stoßen. Denn wenn der Captain Verstärkung bekam, wird er wieder auf die Apachen losgegangen sein, um sie zu stellen und endgültig zu schlagen.

7

Der Rückweg ist gefährlich. Les muß aufpassen, daß er nicht zurückweichenden Apachenhorden in die Gewehre reitet. Obwohl ihn eine wilde, heiße Ungeduld erfüllt, muß er sich eisern beherrschen und darf nicht leichtsinnig handeln und nur auf sein Glück vertrauen.

Er ist den ganzen Tag unterwegs und sieht zweimal aus der Ferne starke Apachenbanden, die sich in nördlicher Richtung bewegen. Er biegt noch weiter nach Westen aus, denn er ahnt, daß sich genau nördlich ein großer Verdruß zusammenbraut, in den er geraten könnte. Wahrscheinlich ist ihm der kürzeste Weg nach Camp Apache Springs von Apachenhorden verlegt.

Kurz vor Anbruch des Abends erreicht er eine Wasserstelle und findet hier die Huf- und Fußspuren von Pferden und Weißen. Er braucht nur wenige Sekunden, um zu erkennen, daß es vier Weiße waren, die hier rasteten.

Er glaubt, daß es sich um Buff Quade und seine drei Partner handelt. Sie sind also immer noch im Land. Mit Sicherheit konnten sie sich während der vergangenen Tage Waffen beschaffen und suchen nun nach ihm, nach Les Quinnahan. Es war leicht für sie, herauszufinden, daß er nicht mehr bei Camp Apache Springs weilt. Sie haben sich bestimmt unverzüglich auf die Suche begeben, und wenn man in diesem Land einen Mann sucht, der gern einsam reitet, so muß man vor allen Dingen bei den Wasserstellen nach seinen Spuren Ausschau halten.

Es ist, als wäre man auf der Jagd nach einem Edelwild.

Zum Wasser muß auch der schlaueste Wolf einmal, der erfahrenste Berglöwe, und da die Wasserstellen in diesem Land nicht sehr zahlreich sind, verspricht Beharrlichkeit früher oder später Erfolg.

Zugleich ist das System auch gefährlich – wie jetzt zum Beispiel, da Les Quinnahan die Fährte findet und ihr folgen kann.

Eine Weile überlegt er. Bis nach Camp Apache Springs müßte er noch einen ganzen Tag reiten. Da sich dann aber auch der Rückweg um einen Tag verlängert, würde er in Wirklichkeit zwei Tage verlieren.

Er entscheidet sich schnell und grinst, als er sich wieder in den Sattel schwingt und der Fährte folgt. Selbst als die Nacht anbricht, ist er von der Spur nicht mehr abzubringen; er wartet nur so lange, bis Mond und Sterne hell genug leuchten.

Was Les Quinnahan jetzt vollbringt, ist gar kein so großes Meisterstück. Bei den wenigen Wasserstellen und Quellen in diesem Land kann er sich ziemlich genau ausrechnen, welchem Ort Buff Quade zustrebt.

So braucht er bald gar nicht mehr auf die Fährte zu achten.

Etwa eine Stunde nach Mitternacht umreitet er ein kleines Tal, in dessen Mitte sich ein See befindet. Les hält erst an, als er eine Schlucht erreicht, sattelt ab und legt sich für einige Stunde zur Ruhe. Es ist kühl. Bevor er einschläft, ißt er etwas von seinem Proviant. Sein Körper benötigt mehr Kraft als in normalen Zeiten, denn er ist noch immer nicht völlig erholt.

Als der Morgen graut, sattelt er sein Pferd, ißt nochmals vom kalten Proviant und wartet dann.

Er braucht nicht lange zu warten. Seine Berechnungen waren richtig. Buff Quade und seine drei Begleiter hatten die Nacht in der Nähe des kleinen Sees verbracht.

Nun kommen sie herangeritten.

Als sie ihm ganz nahe sind, erhebt er sich hinter den Felsen und hat beide Revolver im Hüftanschlag.

»Ihr solltet nicht nervös werden«, sagt er, als sie ihn erkannt und angehalten haben.

»Das ist keine böse Überraschung. Ich habe mich entschlossen, vernünftig mit euch zu reden und zu einer Einigung zu kommen. Ich bin hier, um euch ein Geschäft vorzuschlagen.«

Sie sitzen mißtrauisch in den Sätteln, haben die Hände an den Revolverkolben und die Waffen schon halb heraus. Aber dann begriffen sie, daß er wenigstens zwei von ihnen hätte erschießen können, bevor sie überhaupt etwas von seiner Anwesenheit bemerkten. Sie wären blind in seine Falle geritten.

»Was für ein Geschäft?« fragt Buff Quade widerwillig

und mürrisch. Es gefällt ihm micht, daß Les sie so überraschen konnte. Das zeigt ihm wieder einmal, wie sehr dieser Mann mit ihm und seinen Leuten zu spielen vermag.

»Ich möchte euch zu meiner Goldader führen«, sagt Les Quinnahan mit sanfter Freundlichkeit.

Sie schweigen, starren ihn mißtrauisch an und denken nach.

»Der Schuft will uns reinlegen«, murrt Gun-Slater.

»Yeah, er hat sich was ausgedacht«, murmelt Clint Hunter mißtrauisch.

Mormon-Stanley und Buff Quade schweigen und denken nach.

Endlich sagt Quade spöttisch: »Und warum willst du uns ein Geschenk machen, Bruderherz?«

»Es ist eine dicke Ader«, sagt Quinnahan. »So dick!« Er zeigt seinen Arm und tippt mit einem seiner Revolverläufe auf seinen Bizeps. »Man kann die Goldbrocken mit einem Hammer losschlagen. Der Hammer liegt dort in einem Versteck. Es ist leicht, binnen weniger Stunden so viel Gold herauszuschlagen, wie ihr in den Satteltaschen unterbringen könnt.«

Immer noch starren sie ihn ungläubig an. Vielleicht ziehen sie sogar schon in Erwägung, daß er verrückt geworden ist.

»Wo ist da der Haken?« Buff Quades Stimme ist heiser.

»Diese Sache ist doch krummer als ein Dachsbein«, brummt Gun-Slater. »Wann hat sich dieser Pilger schon mal als unser Freund gezeigt?«

»Natürlich ist ein Haken an der Sache«, antwortet Les Quinnahan grinsend. In seinem Grinsen ist kein Humor, nur Härte und Verwegenheit.

»Dort, wo die Goldader ist, sind einige Apachen. Vielleicht ein halbes Dutzend Krieger, zwei Dutzend Frauen und viele Verwundete. Sie bleiben dort noch eine lange Zeit. Ihr habt vielleicht auch schon dann und wann darüber reden hören, daß ich immer auf der Suche nach meiner Schwester bin, die vor zehn Jahren von den Apachen entführt wurde. Nun, ich fand meine Schwester. Ich will sie befreien und brauche Hilfe. Es ist eine Ironie des Schicksals, daß ich ausgerechnet euch vier Hombres für diese Aufgabe bgeistern muß. Wie steht es? Helft ihr mir? Wenn wir uns mit Hilfe von Lassos bis zu dem Platz hinuntergelassen haben und mit den Apachen zurechtgekommen sind, können wir mühelos einige Stunden dort bleiben und in der nächsten Nacht wieder verschwinden. Was haltet ihr von diesem Geschäft?«

Sie denken nach.

Eines wissen sie genau: Les Quinnahan lügt ihnen nichts vor. Das hat er nicht nötig. Er braucht Hilfe und ist bereit, dafür einen stolzen Preis zu zahlen. Sie glauben, daß er ein Mann ist, dem die Schwester wertvoller ist als eine dicke Goldader. Sie zweifeln also nicht an der Realität seines Angebotes.

Während sie noch nachdenken und abwägen, lockt er sie nochmals.

»Wenn wir uns beeilen, bekommen wir auch Coloradas Victorio in unsere Hände. Er kuriert an jenem Ort seine Wunde aus. Ihr könnt in die Geschichte des Territoriums eingehen. Alle Menschen in diesem Land werden euch die Hand küssen, und die Armee wird euch loben, wenn wir das schaffen. Aber denkt an das Gold! Es ist mehr Gold dort, als ihr fortschaffen könnt.«

Nun werden ihre Augen gierig. Sie gleichen Säufern,

die auf eine einsame Insel verschlagen wurden und nun ein Whiskyfaß herantreiben sehen.

Buff Quade beginnt plötzlich zu lachen. Er läßt seinen Revolver los, so daß die Waffe ins Halfter rutscht, beugt sich vor und schlägt voll Spaß auf seine massigen Schenkel. Dabei lacht er brüllend.

Die anderen Männer starren ihn etwas dumm an. Doch dann wird auch ihnen die Komik dieser Situation klar. Sie beginnen ebenfalls lauthals zu lachen.

Les Quinnahan betrachtet sie kalt.

Dann wendet er sich ab, um sein Pferd zu holen, das in einer Felsspalte verborgen ist.

Als er zu den Revolvermännern geritten kommt, haben sich die vier einigermaßen beruhigt.

»Und du hast keine Angst, daß wir dich betrügen oder dir aus Rache die Haut abziehen wollen?« fragt Buff Quade und hat ein hinterhältiges Glitzern in seinen Augen.

Quinnahan grinst.

»Ihr seid zu klug. Das Gold ist euch lieber als die Rache. Wir werden die Sache nur dann erfolgreich durchführen, wenn wir zusammenhalten und einander vertrauen. Ich schätze euch nicht, aber ich biete euch ein ehrliches Geschäft an. Meine Schwester ist mir lieber als das Gold. Wenn ihr klug seid, versucht auch ihr ehrliche Partnerschaft. Und ihr seid klug.«

Sie starren ihn mit einem Ausdruck von Respekt und Bedauern an.

»Er bringt es wahrhaftig noch fertig, daß wir ihn wie einen Bruder lieben!« höhnt Mormon-Stanley. »Ich hätte nie gedacht, daß ich ihn noch einmal ansehen könnte, ohne den Wunsch zu spüren, ihm den Bauch mit Blei zu füllen. Na . . .«

Er bricht ab und macht eine resignierende Bewegung. »Reiten wir also«, sagt Buff Quade. »Wir machen das Geschäft mit dir, Compadre.« Les Quinnahan nickt.

Er wendet sein Pferd und übernimmt die Führung.

Eigentlich kann er zufrieden sein. Er hat die vier gefährlichsten Revolverhelden auf tausend Meilen in der Runde für seine Sache gewonnen. Diese vier Burschen sind beweglicher und für die Erledigung der Aufgabe geeigneter als zwei Dutzend Soldaten.

Die Frage ist nur, was dann sein wird, wenn sie erst beim Gold angelangt sind.

Doch dieses Risiko muß Les Quinnahan eingehen.

Er will die Schwester haben – und möglichst auch Red Vic.

Es war für Les Quinnahan allein schon nicht leicht, unbemerkt durch das Land zu reiten, doch jetzt ist es noch schwerer.

Manchmal nimmt er sich mehr Zeit als notwendig, denn er will keinen Fehler machen. Die vier Männer, die ihm folgen, beobachten ihn mit starkem Interesse. Denn an diesem Tag lernen sie unwahrscheinlich viel. Noch nie ritten sie hinter einem Mann, der das Land so gut kennt und außerdem noch über einen großen Schatz an Erfahrungen und Tricks verfügt, wie man fünf Reiter möglichst unsichtbar durch ein Land bekommt, das mit Sicherheit von Apachenspähern durchstreift und beobachtet wird. Sie hinterlassen kaum Spuren, weil sie stets in guter Deckung und zumeist auf festem Boden reiten. Oft spähen sie zurück, und den ganzen Tag fürchten sie sich davor, Rauchsignale oder Blinkzeichen von Spiegeln zu sehen.

Doch nichts geschieht.

Noch vor dem Abend erreichen sie den kleinen Talkessel, in dem Les Quinnahan schon einmal sein Pferd zurückließ.

Sie rasten eine Stunde, essen, trinken und ruhen etwas aus. Ein Feuer machen sie nicht an. Das wäre zu gefährlich.

Als es Nacht wird, machen sie sich zu Fuß auf den Weg. Sie haben alle Lassos bei sich, Wasser, Proviant, Munition und ihre Gewehre.

Gegen Mitternacht sind sie oben am Rand des Canyons und blicken auf die Terrasse nieder.

Vor dem breiten Höhleneingang brennt ein großes Feuer. Auch in der Höhle brennt noch das Heilige Feuer.

Die meisten Apachen schlafen bei den Verwundeten in der Höhle.

Am Feuer, das vor der Höhle auf der Terrasse brennt, liegen zwei Apachen unter Decken verborgen.

Und dort, wo der beschwerliche Pfad von der Terrasse hinunter zur Canyonsohle führt, hockt ein Wächter. Sicher wird er von einem der beiden Schläfer am Feuer abgelöst werden.

Von der alten Juana, von Les Quinnahans Schwester und auch von Coloradas Victorio ist nichts zu sehen.

Les Quinnahan wartet, bis seine vier Begleiter sich alles genau angesehen haben. Er schiebt sich zwischen sie und erklärt ihnen noch eine Menge.

Dann ziehen sie sich zurück, damit sie etwas lauter sprechen können.

»Wir warten noch etwa zwei Stunden bis kurz vor Beginn der Morgendämmerung«, sagt er zu ihnen. »Dann seile ich mich zuerst am Lasso hinunter. Der zweite Mann ist Quade. Ich schalte den Wächter aus, Quade übernimmt die beiden Schläfer. Wenn Quade und ich entdeckt werden, bevor wir die drei Apachen ausschalten können, schießt ihr sie von hier oben nieder. Dann brauchen Quade und ich keine Zeit zu verschwenden und können in die Höhle eindringen, bevor man dort weiß, was draußen passiert ist. Ihr kommt dann ebenfalls herunter, so schnell ihr könnt. Hat jemand noch eine Frage?«

»Die Goldader ist dort in der Höhle?« fragt Buff Quade. »Und wie ist es mit den Apachen? Haben diese denn die Ader nicht entdeckt? Ein Bursche wie Red Vic kennt doch den Wert des Goldes und würde versuchen, Waffen und eine Menge anderes Zeug dafür zu bekommen. Wie ist das mit der Goldader und den Apachen?«

In seiner Stimme ist eine Spur von Mißtrauen.

»Natürlich wissen die Apachen von dieser Ader«, erklärt ihm Les Quinnahan. »Zumindest die alte Juana, Red Vic und einige andere maßgebliche Apachen. Die Höhle jedoch ist heilig. Ich erzählte euch von dem Heiligen Feuer, das früher dort brannte. Die Spanier kamen damals wegen des Goldes in dieses Land. Sie fingen Apachen und marterten sie, bis sie ihnen Auskunft über die Goldvorkommen gaben. Die Spanier drangen auch in diese Höhle ein. Sie töteten die Hüter des Heiligen Feuers, starben dann aber selbst, weil diese vor ihrem Tod das Wasser vergiften konnten. Für die Apachen war das alles eine Lehre. Sie kennen die Geldgier der Weißen und hüten sich, etwas bekanntwerden zu lassen. Jeder Apache, der mit einem Sack voll Gold zu einem Händler kommt, um damit etwas zu kaufen, muß damit rechnen, daß er gemartert wird und einen neuen Goldrun auslöst. Dann kommen abermals Tausende von Weißen ins Apachenland. Die Apachen fürchten das Gold. Denn nur wegen des gelben Metalls kamen die Weißen zum ersten Mal hierher. Sie hassen und fürchten das Gold. Es hat ihnen Unglück gebracht. Ich bin davon überzeugt, daß die Apachen viele gute Goldminen kennen. Doch sie machen keinen Gebrauch davon. Das Bekanntwerden von neuen Goldvorkommen würde ihren Untergamg nur beschleunigen. So müßt ihr das sehen. Ihr dürft die Apachen nicht für dumm halten.«

»Hey, das mag alles stimmen«, brummt Buff Quade dann. »Was sind schon die paar Apachen dort unten, wenn es um eine armdicke Goldader geht, die sich auch noch verzweigt und verästelt.«

Sie schweigen, doch Les Quinnahan spürt ihre Gier. Er weiß, daß sie jetzt nur an das Gold denken, das sich unter ihnen in der Höhle befinden soll.

Noch einmal überlegt er, ob alles, was er in Gang brachte, richtig ist und von ihm verantwortet werden kann. Denn es ist klar, daß er sich mit vier üblen Burschen einließ und sich ihrer rücksichtslosen Härte bedienen will.

Doch er möchte ja nicht nur seine Schwester befreien.

Er will auch Red Vic! Damit könnte er gewiß vielen Weißen das Leben retten. Es hat es vielleicht in der Hand, einen langen Apachenkrieg zu verhindern.

Coloradas Victorio darf für die Apachen kein Messias werden, an den sie glauben und der sie dazu bringen kann, daß sie mit mehr als tausend Kriegern auf die Weißen losgehen, um sie totzuschlagen und zu vertreiben.

Er glaubt, daß es richtig ist, sich der Hilfe dieser vier Revolvermänner und Banditen zu bedienen.

Mögen sie sich doch alle Taschen voll Gold füllen!

Bevor sie sich für eine kurze Zeit zur Ruhe legen, sagt er noch zu ihnen: »Und denkt nicht dauernd an die Apachen da unten. Denkt nicht so stark an das Gold! Ich erzählte euch schon von der alten Juana. Ich glaube, daß sie einen unwahrscheinlich feinen Instinkt besitzt und spüren kann, wenn sich Unheil zusammenbraut. Versteht ihr mich? Denkt an Dinge, die nicht mit den Apachen zusammenhängen.«

»Und ob«, erwidert Mormon-Stanley. »Ich denke an meine drei Frauen und an das Leben, das ich als reicher Mann führen werde. Heiliger Rauch, wenn ich mir so überlege, daß meine drei Frauen oben in Utah schon so lange ohne mich auskommen müssen! Maggie müßte inzwischen schon das Kind bekommen haben, und ich weiß nicht mal, ob es eine Tochter oder ein Sohn ist.«

»Wieviel Kinder hast du denn, Mormon-Stanley?« fragt Clint Hunter und lacht leise.

»Was geht dich das an?« gibt der Mormone grob zurück.

»Vertragen sich denn deine drei Weiber?« will Gun-Slater wissen.

»Sie wohnen doch nicht zusammen«, erklärt Stanley besänftigt. »Die Vielweiberei ist verboten, wie ihr wißt. Nein, sie wohnen nicht zusammen.«

Er verstummt. Bei Tageslicht könnte man gewiß an seinem Gesichtsausdruck erkennen, daß er nicht länger über dieses Thema sprechen will.

Niemand sagt noch etwas.

Les Quinnahan schläft für zwei Stunden ein. Das ist gut, denn er wird bald all seine Fähigkeiten nötig haben.

Als in der Schlucht die Nebel zu steigen beginnen, die Sterne verblassen und der Mond hinter den Bergen verschwindet, machen sie sich fertig. Sie entledigen sich ihrer Stiefel und legen alles ab, was hinderlich sein könnte oder Geräusche verursachen würde.

Sie lassen die zusammengeknoteten Lassos hinunter, und dann schwingt sich Les auch schon über den Rand, hält sich nur mit den Händen am Lasso fest und stemmt die Füße gegen die Steilwand.

Er kommt gut hinunter, denn er ist ein Mann mit starken Armen. Kein Steinchen löst sich. Als er die Terrasse erreicht, hat er fünfzehn Yard Höhenunterschied hinter sich gebracht. Er wartet an einen Felsen geschmiegt, hat einen Revolver in der Hand und beobachtet die Schläfer am Feuer.

Den Wächter am Rand der Terrasse kann er nicht mehr sehen, denn die aus dem Canyon steigenden Nebel sind zu dicht geworden. Die Sicht beträgt nicht mehr als sechs Schritte. Das ist gut für ihn.

Er braucht nicht lange zu warten, dann kommt Quade. Dieser schwere, klotzig wirkende Mann hat gewaltige Kräfte und turnt am Lasso wie ein mächtiger Affe herunter. Er schnauft nicht mal besonders, als er zu Quinnahan tritt.

Sie stoßen sich zum Zeichen des Einverständnisses an und bewegen sich dann vorwärts.

Les Quinnahan hütet sich, am breiten Höhleneingang vorbeizugehen. Er entfernt sich bis zum Terrassenrand und schleicht daran entlang. Er hat es leicht, denn der Apache, der den Aufstieg vom Canyon bewacht, summt leise vor sich hin. Vielleicht will er sich wach halten – oder vielleicht ist sein Gesang ein Gebet für einen der Toten.

Quinnahan bewegt sich am Boden nicht lauter als ein sich anschleichender Wolf. Als der Apache die Gefahr instinktiv spürt, sein leises Summen unterbricht und von dem Felsbrocken aufspringen will, da ist Quinnahan schon hinter ihm und umfaßt von hinten den Hals des Kriegers, so daß dessen Kinn über der Armbeuge herausragt wie aus einer Halskrause. Mit der Rechten trifft ihn Les Quinnahan einmal, zweimal und wirft ihn dann in den Canyon hinunter.

Es gibt keine Gnade in diesem harten Spiel. Jeder Apache erspart einigen Weißen das Sterben. Warum setzen Städte wie Tucson Belohnungen für Apachenskalps aus? Doch nur aus Verzweiflung und größter Not – und weil dies das letzte Mittel ist.

Als Les Quinnahan ans Feuer kommt, ist Buff Quade schon fertig. Die beiden Apachen liegen noch in ihren Decken. Quade hatte sie schlafend überrascht. Sie sind tot, denn auch Quade weiß, daß man hier keinen wilden Apachen am Leben lassen darf – es sei denn, man fände auch nichts dabei, sich eine Klapperschlange um den Hals zu legen und auf ihren Biß zu warten.

»Das war leicht«, murmelt Quade, während sie beide zur Felswand gleiten, um dort auf die drei anderen Männer zu warten.

Das geschieht schnell und lautlos, nachdem sie am herabhängenden Lasso dreimal gezogen haben.

Als sie alle unten sind, stecken sie ihre Köpfe noch einmal zusammen, damit Les Quinnahan möglichst leise flüstern kann. Er gibt ihnen letzte Anweisungen und endet mit den Worten: »Und vergeßt es nicht: Keine Frauen töten! Meine Schwester ist von einer echten Apachin kaum zu unterscheiden. Hütet euch, meine Schwester zu töten!«

Er flüstert es scharf.

Dann machen sie sich auf den Weg.

Als sie den Höhleneingang erreichen, taucht plötzlich Juana vor ihnen auf.

Links stützt sie sich auf ihren Stock, aber in der Rechten hält sie ein Messer. Ihr zahnloser Mund öffnet sich zu einem Schrei.

Ihr Instinkt weckte sie auf. Sie hatte die Gefahr gespürt und kam heraus, um nachzusehen.

Quade steht ihr am nächsten. Er trifft sie mit dem Gewehrlauf, bevor sie den Schrei ausstoßen und das Messer werfen kann. Später wird sich erweisen, daß das Messer vergiftet ist. Doch jetzt weiß man das noch nicht. Quades Schlag rettet wenigstens einem von ihnen das Leben.

Sie dringen in die Höhle ein.

8

Die große Höhle ist nur unvollkommen beleuchtet. Das Heilige Feuer brennt in einem flachen, zu einer Riesenschüssel ausgemuldeten Stein.

Um das Feuer herum liegen die Apachen.

Auch die Verwundeten schlafen. Während Les Quinnahan mit den vier Partnern in die große Höhle gleitet, bewegen ihn zwei Fragen.

Wo ist seine Schwester?

Wo ist Coloradas Victorio?

Aber dann hat er keine Zeit mehr, Fragen zu stellen, denn es geht los.

Einer der Schläfer springt plötzlich auf.

Es ist kein Schläfer, sondern eine Schläferin.

Im Feuerschein erkennt Les seine Schwester. Wahrscheinlich wurde sie wach, weil ihre Lehrmeisterin Juana fort ist. Vielleicht spürte auch sie im Schlaf die Gefahr.

Als Les Quinnahan auf sie zuspringt, stößt sie einen schrillen Alarmschrei aus. Dann ist er bei ihr und schlägt ihr die Faust gegen die linke Schläfe. Er kann nicht anders handeln, wenn er die Schwester retten will, die ihn angreifen würde wie jede andere wilde Apachin. Er kann nur auf diese Art dafür sorgen, daß sie still am Boden liegt und ungefährdet ist.

In der Höhle bricht die Hölle los. Die wilden, schrillen und bösen Schreie der Apachen werden übertönt vom Revolverfeuer der Weißen. Quade und die drei anderen Revolverhelden schießen jeder mit zwei Waffen. Sie ließen ihre Gewehre fallen.

Auch Les Quinnahan muß sich mit blitzschnellen Schüssen zweier Krieger erwehren, die ihn anspringen wollen, um ihn mit Messern zu erledigen. Er bleibt jedoch in der Nähe seiner bewußtlosen Schwester und hat große Furcht, daß ihr etwas zustoßen könnte.

Noch bevor der Kampf in der Höhle vorüber ist, wird ihm klar, daß Coloradas Victorio nicht mehr hier ist. Es sind auch weniger Krieger vorhanden als vor zwei Tagen. Wahrscheinlich nahm Coloradas Victorio wenigstens sechs Krieger mit, als er gestern oder vorgestern diesen Ort verließ, um wieder zu seiner Kriegsmacht zu stoßen und dort das Kommando zu übernehmen.

Es wird still.

Pulverrauch zieht durch die Höhle. Quade und seine

Männer gleiten immer noch umher und suchen nach Apachen, die nur verwundet sind und sich totstellen. Dann und wann krachen ihre Colts. Es ist grausam.*)

Les Quinnahan steht bewegungslos da, und ihm wird bewußt, daß er sich einer Illusion hingab, als er hoffte, daß es kein Morden geben und sie nur gegen Krieger kämpfen würden.

Quade und seine drei Banditen sind zu sehr Männer dieses Landes und ihrer Zeit, um Apachen gegenüber irgendwelche Schonung walten zu lassen.

Auch Les Quinnahan, dessen Eltern von Apachen erschlagen und dessen Schwester geraubt wurde, ist ein Sohn dieses Landes. Dennoch spricht es für ihn, wenn er jetzt Reue und ein Gefühl der Schuld und Scham spürt.

*) Diese Grausamkeit entspringt nicht meiner Einbildung.

Man kann sich ein so schonungsloses Morden heute nicht vorstellen. Doch damals tötete man die Apachen wie Wölfe und anderes Raubwild.

Ich würde dem Leser ein völlig falsches Bild der damaligen Zeit schildern, verschwiege ich diese Dinge. Es wäre leicht, unzählige Grausamkeiten historisch zu belegen.

George Bancroft schreibt in ›History of the United States‹:

›Alles, was wir tun können, ist, unser Haupt in Scham zu verhüllen über jene zu unserem Nutzen verübten Gewalttaten.‹

Ulysses Grant, Präsident der Vereinigten Staaten, sagte:

›Die Geschichte zwischen Regierung und Indianern ist eine Reihe schamlos gebrochener Verträge und unerfüllter Versprechen.‹

Bischof Wipple schrieb:

›Es gibt nicht hundert Meilen zwischen dem Atlantischen und dem Stillen Ozean, die nicht der Schauplatz einer Indianermetzelei gewesen wären.‹

George Bancroft in ›History of the United States‹:

›Während die Indianer in vollen Zügen genossen, was ein guter Gott ihnen gegeben, kamen wir Weiße über sie, erschlugen sie und nahmen ihnen ihr Eigentum.‹

Obwohl er schon viele erschlagene Weiße und geschändete Frauen sah, ist in ihm ein Bedauern. Irgendwie spürt er, daß man Haß nicht mit Haß erwidern darf, weil er alle Beteiligten in die Hölle führt. Les weiß, daß hier etwas falsch gemacht wird.

Aber er kann es nicht ändern. Er will seine Schwester zu den Weißen zurückführen, und er will helfen, die Apachen zu bezwingen, damit Friede und Sicherheit im Territorium herrschen.

Als die vier Revolvermänner ihre Colts laden und sich ihm nähern, deutet er auf seine Schwester, die noch am Boden liegt.

»Das ist meine Schwester«, sagt er. »Hütet euch, sie mit einer Apachin zu verwechseln – auch wenn sie fast so aussieht. Hütet euch!«

Er geht zu den reglosen Gestalten und sieht nach, ob Coloradas Victorio dabei ist. Doch seine Hoffnung schwindet mehr und mehr.

Schließlich weiß er es mit Bestimmtheit. Es war nicht möglich, Red Vic hier zu erledigen. Er war nicht mehr an diesem Ort. Vielleicht führt er jetzt schon seine Krieger gegen Camp Apache Springs oder hat es sogar schon vernichtet, wenn Captain Howard Banteen und dessen Männer auch nur einen Moment unaufmerksam waren.

Als Les Quinnahan seinen Rundgang beendet hat und bei der Schwester anlangt, springt sie plötzlich auf und hat ein blankes Messer in ihrer Hand. Fast gelingt es ihr, die Klinge in das Herz des Bruders zu stoßen. Erst im letzten Augenblick greift er ihr Handgelenk und dreht es herum, bis sie das Messer loslassen muß und es klirrend auf den felsigen Boden fällt. Sie wehrt sich wie eine Katze, ist geschmeidig, kräftig und weiß genau, wie man einen Gegner bekämpfen muß. Sie ist ganz und gar eine wilde Apachin.

Er muß ihr abermals weh tun, um sie zu bändigen. Er holt einen Lederriemen aus seiner Hosentasche und bindet ihr die Hände zusammen.

Mormon-Stanley lacht kehlig und hat glitzernde Augen. Er sagt zwischen seinem Gelächter: »Die ist prächtig! Ein richtiges Vollblutweib! Die muß man zähmen wie eine Wildkatze. Sie könnte mir gefallen. Das ist die Sorte, die ich gern habe!«

»Halt dein Maul!« faucht Les Quinnahan mit kalter Wut.

»Hört auf, euch wegen eines Mädels zu streiten, das von Geburt eine Weiße und der Erziehung nach eine Apachin ist«, meldet sich Quade mit harter Stimme. »Das Gold ist wichtiger! Wo ist die Goldader?«

Les Quinnahan zeigt zum Hintergrund der Höhle.

»Dort hinten gibt es eine Felsspalte«, sagt er, »die langsam ansteigt, bis sie sich zu einer Nebenhöhle verbreitert. An der rechten Wand dieser Nebenhöhle ist die Ader. Ihr müßt etwas Geröll forträumen, hinter dem die Ader verborgen liegt. Auch der Hammer und einige Meißel liegen unter diesem Geröll. Die Hauptader verläuft ziemlich am Boden.«

Er hat kaum ausgesprochen, da sind sie schon in Bewegung.

Sie versorgen sich mit ein paar Fackeln und einer Öllampe und verschwinden.

Les ist mit seiner Schwester allein.

Sie betrachten sich. Ihr Blick ist feindlich und voll Haß. Ihr roter, etwas herber Mund verzerrt sich.

»Mörder!« ruft sie. »Ihr seid verdammte Mörder! Ihr habt sie alle getötet – alle, auch die Frauen und Verwundeten. Ihr seid feige, erbärmliche Mörder. Victorio wird euch töten. Er wird Rache nehmen!«

Sie spricht ihre Muttersprache recht gut. Da sie mit sieben Jahren in die Gefangenschaft der Apachen kam, muß sie in den vergangenen zehn Jahren Gelegenheit gehabt haben, ihren Wortschatz zu vergrößern. Dazu mußte sie die Apachensprache lernen. Sie schaffte offenbar beides gut.

Les Quinnahan nickt bitter. »Ja, Red Vic wird Rache nehmen – und dann werden wir wieder Rache nehmen. So geht es immer weiter, bis die Apachen tot sind. Denn es sind nur wenige Tausend. Wir Weißen aber zählen nach Millionen. Und du bist eine Weiße! Du bist meine Schwester Ysabel. Deinen Namen wirst du wohl noch kennen. Sogar an unsere Eltern müßtest du dich erinnern können, an Vater und Mutter. Komm aus der Höhle, Schwester! Wenn du endlich ruhig bist und aufhörst, dich wie eine Wilde zu benehmen, dann will ich dir die Handfesseln lösen. Komm!«

Er faßt sie am Oberarm und führt sie hinaus.

Draußen zieht grau der Tag auf. Die Nebel steigen nicht mehr. Allmählich wird die Sicht besser.

Les Quinnahan trägt sein Gewehr in der Hand. Er führt die Schwester bis zu jener Stelle, wo vorhin der Wächter den Aufstieg bewachte. Nun muß Les Quinnahan Wache halten. Denn die vier anderen Männer sind ganz gewiß nicht dafür zu haben. Sie denken nur noch an das Gold.

Er zwingt Ysabel sanft, sich neben ihn auf den Stein zu setzen. Er betrachtet sie von der Seite und erkennt, daß in ihr ein Sturm von Gedanken und Gefühlen tobt.

Er hält ihr seinen Unterarm vor die Augen und zeigt die Tätowierung.

»Siehst du das Zeichen?« fragt er. »Das ist ein Q. Und auch du hast es. Du bist Ysabel Quinnahan. Ich bin dein Bruder. Seit fünf Jahren suche ich nach dir. Du mußt dich doch daran erinnern, wie die Apachen unsere Eltern erschlugen und dich mitnahmen. Warum gebärdest du dich wie eine wilde Rothaut? Auch an mich mußt du dich erinnern.«

In ihren Augen ist ein verstörter, hilfloser und erschrockener Ausdruck.

Sie hält sich plötzlich die gefesselten Hände vor das Gesicht, als könnte sie dahinter klare Gedanken fassen und ihre große Verwirrung unter Kontrolle bringen.

Les löst ihr die Fesseln und spricht ruhig zu ihr.

Dann betrachtet sie die Tätowierung auf ihrem Unterarm. Aber es sind wohl seine Worte, die sie an ferne Dinge erinnern, an Mutter, Vater und ihn, den Bruder, an die kleine Ranch, an geschnitzte Holzpuppen, eine Puppenwiege, ein hölzernes Pferd und an den bunten Hund, der immer bei ihr war. Und er erinnert sie auch an die Apachen.

»Ich weiß, es ist furchtbar schwer für dich«, murmelt er sanft. »Du warst ein kleines Mädchen. Kinder vergessen nach einer Weile den größten Schmerz. Ihr Selbsterhaltungstrieb zwingt sie dazu, sich anzupassen. Denn das Leben ist immer noch schön und voller Wunder. Zehn Jahre sind eine lange Zeit. Du lebtest mit den Apachen und mußtest eine Apachin werden, um dich unter ihnen behaupten zu können. Doch jetzt wirst du mit mir, deinem Bruder, zurückkommen. Du sprichst unsere Sprache noch gut. Hattest du Gelegenheit, sie zu sprechen?«

Sie gibt nicht sogleich Antwort, sondern starrt ins Leere. Dann murmelt sie: »Es gibt mehr als eine weiße

Frau, die bei den Apachen leben muß, weil sie geraubt wurde. Ich kam im Laufe der Jahre mit mehr als einem Dutzend weißer Frauen zusammen, die alle älter waren. Außerdem gibt es immer wieder Apachen, die Missionsschulen besuchten und später zu ihren wilden Brüdern fortliefen. Auch Coloradas Victorio unterhielt sich oft mit mir. Ich stehe unter seinem Schutz. Man sagt, die alte Juana wäre eine Großtante von ihm. Juana war gut zu mir. Sie erzog mich in den letzten Jahren. Ich lernte viel von ihr. Ja, ich lebte wie eine Apachin. Ich habe viele Freundinnen. Ich . . .«

Sie verstummt, und ihre Verwirrung wird noch größer.

Les Quinnahan kann die Schwester gut verstehen, und er weiß, daß er große Geduld aufbringen muß.

»Ich lebte mit ihnen«, murmelt Ysabel. »Sie waren gut zu mir. Sie teilten alles, was sie besaßen. Sie pflegten mich, wenn ich krank war. Ich lernte denken und fühlen wie sie, ich verstand sie genau. Und ihr seid Mörder! Ihr habt sie alle getötet! Du bist mein Bruder, das mag sein. Doch ich weiß nicht, ob ich mit dir gehen soll, ob ich überhaupt glücklich sein kann. Den Apachen gehörte einmal ein riesiges Gebiet. Doch dann kamen die Weißen und begannen damit, sie zu töten, ihnen das Land wegzunehmen. Dabei sind sie gut. Sie lieben ihre Frauen und Kinder. Sie spüren Schmerz und Trauer und kennen keine harten Worte untereinander. Sie wünschen nichts anderes als Freiheit, sind genügsam und anspruchslos.«

»Aber sie töteten deine Eltern«, sagt Les Quinnahan hart. »Auch deine Eltern waren gut. Sie wollten nichts anderes als ein Stück Land und Freiheit. Ysabel, wir können nicht untersuchen, auf welcher Seite die größere Schuld liegt. Wir können nur ein neues Leben beginnen. Ich bin dein Bruder. Ich werde mit dir irgendwohin gehen, wo es keine Apachen gibt, wo niemand wissen wird, daß du unter ihnen lebtest. Wir werden ganz neu anfangen. Eines Tages denkst du an die vergangenen zehn Jahre zurück wie an einen wilden Traum. Du wirst Zeit brauchen, Schwester. Doch du bist eine Weiße. Die Zeit, in der du dich als Apachin fühlen mußtest, ist vorbei. Du kannst wieder ein weißes Mädchen sein. Und du bist noch so jung! Du kannst in wenigen Jahren alles lernen, was bisher nicht möglich war.«

Er verstummt. Sie aber sitzt bewegungslos neben ihm und starrt immer noch ins Leere. Manchmal legt sie ihre schlanken Hände an den Hals und atmet rascher.

»Ich war sieben Jahre eine Weiße«, murmelt sie dann, »und ich kann mich nur wenig an jene Zeit erinnern, denn ich war noch zu klein. Doch ich war zehn Jahre eine Apachin, und an diese Zeit erinnere ich mich besser, Bruder. Ich wurde damals schnell zu einem Apachenkind. Es blieb mir nichts anderes übrig. Doch inzwischen habe ich die Apachen lieben gelernt. Ich habe mit ihnen gehungert und gegessen, getrauert und gelacht. Ich . . .«

Sie bricht ab, ihr fehlen die Worte. Sie spricht überhaupt sehr zögernd und mit größeren Pausen. Die Sprache ihrer Mutter fällt ihr schwer.

Langsam wendet sie den Kopf und schaut zum Höhleneingang, wo ein kleines Bündel liegt.

Es ist die alte Juana, die Quade erschlug.

Zu ihr starrt Ysabel hin. Les folgt ihrem Blick.

»Sie hatte bestimmt viel Macht über euch alle – diese Juana«, murmelt er. »Sie war eine Zauberin, die auch dich in ihrem Bann hatte. Vielleicht mußte das so sein, damit ihr alle beisammen bliebt und an die Zukunft glaubtet. Aber . . .«

Ysabel erhebt sich plötzlich. »Ich bin von Juana zur Nachfolgerin bestimmt«, erklärt sie. »Ich bin dazu ausersehen, mit den Geistern der Apachen zu reden. Von mir können die Apachen jetzt erfahren, was ihnen die Zukunft bringt, was sein wird und . . .«

»Nein! Du bist eine weiße Christin«, sagt er hart und schüttelt sie.

Sie läßt es geschehen, doch in ihren Augen, die so hellgrau sind wie seine, ist ein unbestimmbarer Ausdruck.

Les hat plötzlich den Eindruck, als befände sich Ysabel in einem Trancezustand. Er kann in ihren Augen erkennen, wie sie allmählich in die Wirklichkeit zurückkommt.

»Diese Juana«, ruft er bitter. »Sie hat euch vielleicht etwas in den Tee getan oder irgendwelche Kräuter verbrannt, deren Rauch ihr atmen mußtet. Ich weiß, wie die Medizinleute der Apachen sich Anhänger und Abhängige schaffen. Schwester, du mußt gegen die dunklen Kräfte ankämpfen, die nichts anderes sind als raffinierte Tricks. Juana hat dir das doch alles beigebracht! Du mußt doch selbst darüber Bescheid wissen. Du bist Ysabel Maryann Quinnahan, die siebenjährig von wilden Apachen, die deine Eltern ermordeten, geraubt wurde. Verstanden? Die Zeit deiner Gefangenschaft ist vorbei. Ein neues Leben beginnt! Hast du mich verstanden?«

Ihr Blick ist nun wieder klar, aber so traurig, als hätte sie einen Verlust zu beklagen.

Sie nickt nur.

Es ist ein Glück, daß Les Quinnahan seinen Blick von ihr wendet und den Canyon hinunterspäht.

Der Tag wurde inzwischen hell und klar. Bald wird die Sonne über die Berge kommen und ihr Licht bis in die Canyonsohle werfen, wärmend und lebensspendend.

Als Les in die noch dunklen Schatten blickt, sieht er Apachen kommen. Wieder sind es Verwundete, die von gesunden Kriegern geleitet werden. Es muß einen neuen Kampf gegeben haben. Nun wollen die Verwundeten zu Juana, der man große Heilkräfte zutraut.

Les Quinnahan nimmt sein Gewehr.

»Töte sie nicht«, sagt Ysabel und kauert sich am Boden nieder. »Töte sie nicht.«

Er zögert, denn es wäre leicht, wenigstens zwei der ersten Reiter zu erwischen. Sie sitzen ab, da sie den steilen Anstieg nicht im Sattel bewältigen können. Außerdem müssen die Verwundeten von den Schleppschlitten genommen werden.

Les beginnt zu schießen. Doch seine Kugeln pfeifen nur über die Köpfe der Apachen und der Pferde hinweg.

Dann wird es still. Die Roten dort unten warfen sich in Deckung und bringen die Verwundeten in Sicherheit. Das geschieht blitzschnell. Immer wieder staunt Les Quinnahan, wie schnell sich diese gedrungenen Apachen bewegen können.

Er glaubt, daß auch die Neuankömmlinge Chiricahuas sind, also zu Coloradas Victorios Abteilung gehören. Ihre Heimat liegt zwischen dem Quellgebiet des Gila River und der Sierra Madre in Mexiko.

Sie sind zwischen den Felsen und Büschen verschwunden, die dort unten reichlich Deckung geben.

Eine Weile bleibt es still. Dann ruft eine kehlige Stimme einige Fragen herauf.

Les Quinnahan versteht jedes Wort. Er hätte sich mit seiner Schwester auch in der Apachensprache unterhalten können.

Doch er gibt keine Antwort. Er ist der Meinung, daß sie hier oben nur Zeit gewinnen können, wenn die Roten unten im Canyon noch eine Weile herumrätseln.

Als er hinter sich Geräusche hört, wendet er sich und sieht Quade kommen. Buff Quade hat sein Gewehr bei sich. Sein ganzes Gesicht ist zu einem triumphierenden Grinsen verzerrt. Er hockt sich neben Les Quinnahan nieder und späht hinunter. Einige Pferde kann er erkennen. Sofort beginnt er zu schießen, bis die Tiere entweder tot oder fortgesprungen sind. Als er das Gewehr nachlädt, sagt er:

»Nun, Les Quinnahan, wir können großzügig sein und verzeihen. Wir haben nichts mehr gegen dich – gar nichts. Denn du hast uns die Goldader gezeigt. Es ist eine mächtige Ader. Man kann das Gold mit Hammer und Meißel nur so herausschlagen. Hier!«

Er greift in die Tasche und holt einige Brocken heraus.

»Fast reines Gold!« sagt er. »Quinnahan, wir werden dir doch nicht die Haut abziehen.«

»Vielen Dank!« grinst Quinnahan kalt und spöttisch. »Jetzt brauche ich keine Angst mehr vor euch zu haben.«

Für einen Moment sieht es so aus, als wollte Buff Quade diesen kalten Spott mit einem Zornausbruch beantworten. Doch dann siegt seine gute Laune.

»Du kannst heute alles sagen, Quinnahan«, lacht er. »Wer uns eine solche Menge Gold überläßt, hat jede

Freiheit. Aber sage mir, wie lange wir uns hier halten können, ohne daß uns der Rückweg abgeschnitten wird?«

Er deutet bei seinen letzten Worten mit dem Daumen über seine Schulter hinweg zur Felswand, an der das Lasso niederbaumelt.

»Bis zm Anbruch der Dunkelheit, also einen Tag«, erwidert Les, ohne zu zögern. Und er fügt hinzu: » . . . wenn die Apachen glauben, wir wären von unten heraufgekommen und nicht von oben über die Felsen. Sie können die Lassos von dort unten nicht sehen. Die Terrasse ist viel zu breit. Wahrscheinlich wissen sie gar nicht, daß es eine Möglichkeit gibt, von oben herunterzusteigen. Aber es wäre gut, wenn wir oben einen Wächter postierten.«

Buff Quade nickt. Er starrt hinunter.

»Na gut«, sagt er, »Ich schicke Clint Hunter hinauf und bleibe selbst in der Höhle, weil ich mit Hammer und Meißel am meisten Gold aus der Ader schlagen kann. Du kannst diesen Aufstieg sicherlich allein sperren. Was ist mit deiner Schwester? Kann sie uns etwas kochen?«

»Nein«, erwidert Les Quinnahan. »Ysabel ist noch zu sehr eine Apachin. Ich kann ihr noch nicht trauen. Laß Clint etwas kochen, bevor er am Seil hinaufklettert. Er hat Zeit.«

Quade brummt, überlegt und nickt dann. »In Ordnung«, sagt er, wirft noch einen schrägen Blick auf Ysabel, die fast bewegungslos auf dem Stein hockt, und geht dann in die Höhle zurück.

»Nimm die Alte dort fort!« ruft Quinnahan ihm nach. Zuerst sieht es so aus, als wollte Quade den Zuruf nicht beachten. Dann aber bleibt er stehen und wendet sich zurück. Er hebt die alte Juana auf und verschwindet mit ihr in der Höhle.

Les sieht seine Schwester an und erkennt, daß sie sich innerlich entspannt. Er begreift, daß von der toten Juana dort vor der Höhle noch eine starke Kraft ausging. Ysabel konnte dieses kleine Bündel Mensch von hier aus sehen.

Nun ist es, als löste sich in Ysabel die Beklemmung.

»Du traust mir also nicht, Bruder?« fragt sie kehlig.

»Könnte ich das?«

Ysabel betrachtet ihn nun zum ersten Mal mit forschendem Interesse, als möchte sie herausfinden, was für ein Mann er ist.

In ihre Augen tritt der Ausdruck von Genugtuung. Sie sagt: »Du siehst wie ein Mann aus, der einen großen Schatten werfen kann. Du bist ein großer Krieger, denke ich.«

Sie beißt sich auf die Unterlippe. »Ich rede wie eine Apachin, nicht wahr? Was sind das nur für Männer, mit denen du hier eingedrungen bist, um zu morden und mich zu . . .« Sie zögert und weiß nicht, ob sie befreien oder entführen sagen soll.

» . . . mitzunehmen«, spricht sie dann mit Betonung.

»Es sind Mörder und Banditen«, sagt er. »Doch ich konnte keine anderen Helfer bekommen. Ich erzählte ihnen von dem Gold in der Höhle. Da kamen sie mit mir. Vor zwei Tagen waren Coloradas Victorio und ein halbes Dutzend Krieger mehr hier. Es wären zu viele Gegner für mich gewesen. Deshalb holte ich mir Hilfe. Aber . . .«

Er verstummt, denn er hält es für unwichtig, über diese Dinge zu reden. Sie aber sagt: »Wenn du gewußt hättest, daß es weniger Krieger waren und Coloradas

Victorio bald fortreiten würde, hättest du es allein gewagt. Du bist wahrhaftig ein großer Krieger, Bruder!«

Es betrübt ihn, sie so reden zu hören; denn es zeigt ihm, daß sie wie eine Apachin denkt und fühlt.

»Wir gehen von hier fort in ein anderes Land«, wiederholt er nochmals. »Dort wird uns niemand kennen. Du wirst ganz neu anfangen, ein weißes Mädchen zu sein. Die zehn Jahre bei den Apachen werden dir bald wie ein böser Traum erscheinen. Glaub es mir!«

»Vielleicht wie ein guter Traum«, murmelt sie. »Denn nach allen Erzählungen, die ich bei den Apachen von den Weißen hörte, müssen diese schlecht und gemein sein, heuchlerisch, gierig, rücksichtslos. Man kann ihrem Wort niemals trauen. Sie betrügen und belügen sich untereinander. Sie sind sehr viel schlechter als die Apachen. Vielleicht werde ich mich nach den Apachen zurücksehnen. Les, ich fürchte mich!«

Er schüttelt den Kopf. Dann und wann beobachtet er scharf, was unten im Canyon geschieht. Als er sieht, daß einer der Krieger auf einem Pferd davon reiten will, zielt er sorgfältig und holt ihn mit einem einzigen Schuß aus dem Sattel. »Mörder!« sagt da die Schwester heftig, als er sich ihr zuwendet. »Das war Locos. Ich kenne ihn. Als ich klein war, brachte er mir einmal Honig. Später schenkte er mir einen kleinen Hund. Er war stets gut und freundlich zu mir. Du hast ihn getötet. Du bist ein Mörder wie alle Weißen!«

Les Quinnahan wischt sich über das Gesicht. Nun erst begreift er richtig, wie schwer er es mit Ysabel haben wird. Denn sie denkt und fühlt wie eine Apachin. Und das ist kein Wunder, denn gerade die zehn einprägsamsten Jahre lebte sie unter Apachen.

»Wenn Locos entkommen wäre«, murmelt er, »hätten wir bald eine starke Horde dort unten. Sie würden angreifen, und ich müßte sehr viele von ihnen töten. Indem ich Locos vom Pferd schoß, vermied ich, bedeutend mehr erschießen zu müssen. Glaubst du, ich töte gern? Ich bin kein Mörder! Wer hat denn unsere Eltern erschlagen und dich entführt?«

Als er verstummt, weiß er auch schon, daß jedes Wort nutzlos ist. Er kann die Schwester nicht schon am ersten Tag verwandeln und die zehn Jahre auslöschen. Er wird Monate oder gar Jahre brauchen.

Ysabel vermag bestimmt mit ihrem Verstand zu begreifen, daß sie eine entführte Weiße ist, daß die Apachen ihre Eltern erschlugen. Dennoch denkt und fühlt sie wie eine Apachin.

Les Quinnahan schweigt eine Weile. Er sieht Clint Hunter drüben am Feuer das Frühstück bereiten. Später bringt Hunter ihnen Kaffee, gebratenen Speck und Pfannkuchen.

Auch er grinst. Er ist in Hochstimmung und sagt: »Niemals hätte ich geglaubt, daß man solche Goldbrokken aus einer Ader herausschlagen könnte! Quinnahan, wir sind gewiß schlimme Burschen, doch du kannst auf uns zählen. Wir halten unseren Teil der Abmachung wie du den deinen.« Nach diesen Worten geht er wieder.

Les und Ysabel essen schweigend.

Als sie fertig sind, fragt Les: »Würde ich dich nicht fortholen, so wärst du nach Juanas Tod deren Nachfolgerin geworden. Was hättest du für Aufgaben gehabt?«

Schon als er Juanas Namen erwähnt, bemerkt er, wie in Ysabels Augen ein besonderer Ausdruck tritt. Er vermag ihn nicht zu deuten, doch er sah diesen Ausdruck in den Augen von Menschen, die von einer Idee besessen waren, von der man sie nicht abbringen konnte – Mormonen, die mit Handwagen durch die Wüste zogen, Berauschte, denen der Alkohol etwas vorgaukelte.

Auch Ysabel ist wie berauscht oder wird von einer starken Kraft beherrscht.

»Ich bin Juanas Nachfolgerin«, murmelt sie. »Denn Juana ist tot. Ich trage ihr Vermächtnis in mir. Ich bin die Seele der Apachen. Durch mich halten sie Verbindung mit ihren Geistern. Ich vermag ihnen zu sagen, was in der Zukunft sein wird. Ich kann die Kranken heilen und . . .«

Sie verstummt und erschrickt offensichtlich. Sie kommt wie aus einem Traum zurück in die Wirklichkeit. Ihr Blick verändert sich und wird wieder normal. Langsam wischt sie sich über die Augen.

»Sie glauben an die Kraft der sich immer wieder erneuernden Juana«, sagt sie. »Auch ich heiße Juana bei ihnen. Bruder, vielleicht sollte ich sie doch nicht verlassen. Es ist mein Schicksal, daß ich zu ihnen kam und Juana mich unter vielen kleinen Mädchen auswählte, zu sich nahm und erzog. Es ist mein Schicksal, du kannst es mir glauben! Ich spüre das plötzlich klar und deutlich. Du kannst mein Schicksal nicht dadurch ändern, daß du mich von hier fortzubringen versuchst.«

Er beißt die Zähne zusammen, als er sie reden hört.

Und er weiß, daß er mit Ysabel noch tausend Gespräche führen muß.

Doch er verspricht sich viel davon, wenn er sie erst unter weißen Frauen und Kindern hat. Die Eindrücke, die sie dann erhält, werden sie befreien.

Er beobachtet fortwährend den Canyon unter sich. Die Apachen bleiben verborgen. Die Sonnenstrahlen erreichen nun auch die Sohle des Canyons. Es wird allmählich heiß.

»Sie haben Verwundete dort unten«, murmelt Ysabel. »Nur die wirklich schwer verwundeten Krieger kommen nach hier. Einige werden heute sterben müssen, weil Juana tot ist und weil ich ihnen nicht helfen kann. Bruder, ich könnte ihr Leben retten. Ich habe gelernt, wie man Blutungen stillt, Wunden säubert und zusammennäht, Kugeln entfernt und das Fieber bekämpft. Ich weiß, wie man mit Juanas Salben und Tinkturen umgehen muß und welche Blätter und Kräuter, Wurzeln und Beeren für bestimmte Tees genommen werden müssen. Ich könnte helfen, doch du läßt es nicht zu, nicht wahr?«

»Ich lasse es nicht zu«, erwidert er rauh. »Du bist eine Weiße, die von roten Mördern geraubt wurde. Du hast nichts mehr mit diesen roten Schuften zu tun, verstanden?«

Seine Stimme wurde scharf. Ungeduld und Erregung machen ihn ungerecht. Er vergißt, daß die Apachen den Weißen nur zurückzahlen, was sie selbst bekommen haben, seit Weiße ihr Land betraten und Gold darin fanden.

Sie schweigen. Nur einmal, als Ysabel fragt, ob sie in die Höhle gehen könne, um nach den Toten zu sehen, verbietet er ihr dies mit einem knappen: »Nein, Schwester!«

Er will nicht, daß sie Juana noch einmal sieht.

Stunden vergingen, und es äanderte sich nichts. Nur einmal verhindert Les Quinnahan mit einem sicheren Schuß das Durchbrechen eines zweiten Apachen. Seine Position ist zu gut. Fast unangreifbar beherrscht er mit seinem Gewehr den Canyon. Die Apachen dort unten konnten sich zwar vor seinen Kugeln in Deckung bringen. Doch sie sind mehr oder weniger festgenagelt. Es gibt genügend freie Flächen, die sie bei einem Durchbruch überqueren müßten.

Erst dann, wenn die Sicht schlechter wird, können sie es wagen.

Ysabel hockt bei Les Quinnahan. Sie versucht in diesen Stunden mit den Veränderungen zurechtzukommen.

Sie unterhalten sich nur wenig.

Manchmal kommt einer der drei Männer aus der Höhle, um Luft zu schnappen und seiner Freude darüber Ausdruck zu geben, daß sie alle steinreiche Männer werden. Denn die Goldader wird nicht dünner, sondern immer dicker.

»Wenn wir nur noch mehr Hämmer und Meißel besäßen«, sagt Mormon-Stanley bedauernd. »Aber wir schaffen es trotzdem. Bis zum Anbruch der Nacht haben wir so viel Gold herausgeschlagen, wie wir auf unseren Pferden fortschaffen können. Hey, so kommt jeder zu seinem Recht, nicht wahr? Du hast deine Schwester befreit, und wir kamen endlich an deine große Goldmine heran.«

Er entfernt sich wieder, nachdem er Ysabel noch einmal mit seinem glitzernden Blick betrachtet hatte.

Später kommt Buff Quade heraus, schwitzend, staubig, doch zufrieden und in bester Laune.

»Wie wird es werden, wenn wir den Rückzug antreten? Kannst du uns so führen, daß wir mit einiger Sicherheit nicht auf Apachen stoßen?«

Quinnahan sieht ihn an.

»Es gibt nicht viele Wege, auf denen wir reiten können«, erwidert er. »Mit jeder Stunde hat Coloradas Victorio mehr Krieger zur Verfügung. Sie kommen von überall, auch aus den Reservationen von Campverde, San Carlos und aus der Mescalero-Reservation zwischen Fort Stanton und Fort Bayard. Vielleicht hat er schon mehr als zweitausend Krieger zur Verfügung, die herumstreifen, um das Land von Weißen zu säubern. Wir können leicht auf eine solche Horde stoßen.«

»Und wohin sollen wir reiten?« fragt Buff Quade hinterhältig und lauernd.

Quinnahan lächelt bitter.

»Die Städte«, sagt er, »sind längst von jedem Verkehr abgeschnitten. Jede Straße ist gesperrt. Auch nach Tucson wird man nicht unbehelligt hinein- oder herauskommen. Ich will mit meiner Schwester nach Camp Apache Springs. Dafür habe ich mehrere Gründe, die ich euch nicht erklären will.«

»Die rothaarige Frau mit den grünen Augen ist der Hauptgrund«, erwidert Quade. »Da brauchst du mir wirklich nichts zu erklären, Quinnahan. Du willst mit deiner Schwester zu ihr. Sie könnte deiner Schwester wahrscheinlich mehr helfen, sich in eine Weiße zurückzuverwandeln als du. Na gut, mir soll es recht sein! In Camp Apache Springs ist die Armee. Und wenn Coloradas Victorio sich dort festbeißt, wird Captain Howard Banteen von einigen Forts Verstärkung bekommen. Wenn du glaubst, daß wir nach Camp Apache Springs hineinschlüpfen können . . . Na gut!«

9

Als es dunkel wird, kommen sie mit ihrem Gold aus der Höhle: Buff Quade, Mormon-Stanley und Gun-Slater.

Sie haben fünf Ledersäcke voll Goldbrocken, die sie in harter Arbeit aus der dicken Ader brachen – fünf Säcke.

»Einer ist für dich, Quinnahan«, sagt Quade. »Wir haben kein Goldfieber und sind auch nicht verrückt. Man hört oft von Männern, die Gold fanden, vom Goldfieber gepackt wurden und sich dann gegenseitig umbrachten. Wenn diese Geschichten nicht erlogen sind, waren jene Burschen große Narren. Wir müssen zusammenhalten, um heil davonzukommen. Dies ist dein Anteil. Ich werde ihn zu mir aufs Pferd nehmen, weil dein Tier je zusätzlich das Gewicht deiner Schwester tragen muß. Quinnahan, es gab eine Zeit, da hätte ich dir gern die Haut abgezogen. Aber das ist vergessen. Können wir?«

Les wirft noch einen Blick zum Canyon hinunter.

Doch dort unten sind die Schatten schon tief. Man kann nicht mehr viel erkennen. Wahrscheinlich ist bereits ein Apache unterwegs, um die erstbeste Kriegshorde zu alarmieren. Und alle anderen Krieger werden heraufgeschlichen kommen und versuchen, hier oben Fuß zu fassen.

Clint Hunter zieht zuerst die fünf Goldsäcke nach oben. Dann folgt Quade. Er zieht Ysabel hinauf, der Les Quinnahan folgt. Den Schluß machen Stanley und Slater.

Ysabel verhält sich sehr ruhig und tut alles, was Les ihr sagt. Die Nacht ist hell und strahlend, als sie zu den

Pferden aufbrechen. Les Quinnahan, der seinen Goldsack trägt und die Gruppe anführt, spürt bald das Gewicht der goldenen Brocken. Er schätzt es auf fünfzig Pfund. Wenn es auch kein reines Gold ist, so weiß er doch, daß er für etwa zwanzigtausend Dollar Gold in diesem Sack trägt.

Sie erreichen die Pferde ohne Zwischenfälle und sind von dem beschwerlichen Klettermarsch und dem Tragen der Lasten sehr mitgenommen.

Zuerst machen sie ihre Pferde reitfertig und schnallen die Säcke hinter den Sätteln fest. Es sind gute Apachensäcke, die sie in der Höhle fanden. Sie halten eine Menge aus, denn sie sind aus Hirschleder.

Dann verschnaufen sie noch etwas. In diesem kleinen Talkessel ist es dunkel. Les Quinnahan versucht, seine Schwester zu beobachten Doch er kann es nicht. Ysabel hält ihren Kopf meistens gesenkt.

Sie sind alle still und lauschen.

In der Nähe tönt der Ruf eines Nachtfalken. Beinahe läßt Les Quinnahan sich täuschen. Doch als er merkt, wie seine Schwester sich unmerklich anspannt, wird er aufmerksam. Als er dann fast den gleichen Ruf aus einer anderen Richtung hört, weiß er Bescheid. Er glaubt nicht, daß es Nachtfalken sind.

»Los! Wir müssen reiten! Das waren keine Nachtfalken, sondern Apachen. Vielleicht sind umherstreifende Krieger auf unsere alte Fährte gestoßen und dieser gefolgt. Wir müssen aus dem Talkessel. Los! Beeilt euch und haltet die Colts bereit, sobald wir reiten!«

Sie gehorchen schweigend.

Noch nie saß eine härtere Mannschaft auf, als jetzt in diesen Sekunden.

Les Quinnahan zieht die Schwester hinter sich. Ysabel schwingt sich wie eine Indianerin zu ihm auf das Pferd.

Dann reitet er an.

Sie folgen ihm. Gun-Slater macht den Schluß.

Sie kommen ungeschoren aus dem Talkessel heraus. Quinnahan führt sie nach Westen. Er will einen Bogen schlagen und nicht auf der eigenen Fährte zurückreiten.

Nach einer halben Meile müssen sie über einen Hügelsattel.

Mann für Mann kommen sie hinüber – Quinnahan mit der Schwester hinter sich, dann Quade, Stanley und Hunter.

Als Slater sich auf dem Hügel für Sekunden gegen den helleren Himmel abhebt, schlägt von hinten ein langer Pfeil durch seinen Rücken und stößt ihn über den Pferdehals, um den er seine langen Arme schlingt.

Dann erst stößt er einen heiseren Schrei aus.

Stanley hält sein Pferd an, bis Slater neben ihm ist. Da sie nun den Schattenbereich des Hügels verlassen und über eine von bleichem Mondlicht erhellte Ebene müssen, sieht Stanley den wippenden Pfeil in Slaters Rükken.

Er beginnt wild zu fluchen, reißt sein Tier herum und starrt zum Hügel zurück.

Oben zeigen sich plötzlich zwei oder drei Reiter. Mormon-Stanleys Colt beginnt zu krachen. Die Apachen sind nicht mehr zu sehen.

Aber der Ritt der Weißen wird nun zu einer Flucht, bis sie drüben den Rand der Ebene erreicht haben und in dem dunklen Maul einer Schlucht verhalten.

Sie spähen zurück. Slater liegt immer noch über dem Pferdehals und hält sich fest. Er stöhnt vor Schmerzen.

»Los«, sagt Quade, »hebt ihn vom Pferd! Wir müssen

den Pfeil herausziehen und die Wunde zustopfen. Dann können wir ihn auf dem Pferd festbinden. He, Quinnahan, kann deine Schwester sich um seine Wunde kümmern?«

»Ja«, meint Ysabel und sitzt ab.

Quinnahan und Quade beobachten die Ebene, während sich die anderen um Slater mühen. Die Sicht ist weit. Sie können bis zu dem Hügelsattel sehen, über den sie kamen.

Doch die beiden Apachen, die sie entdecken, kommen von links. Sie haben also die Ebene halb umrundet und reiten langsam zur Fährte der Weißen herüber.

»Es sind nur zwei«, sagt Quinnahan. »Sie werden unserer Fährte folgen und versuchen, den Anschluß nicht zu verlieren. Wenn sie können, werden sie noch weitere Schüsse aus dem Hinterhalt abgeben. Was ist mit Slater los?«

»Er ist tot«, erwidert Mormon-Stanley. »Jetzt haben wir ein Packpferd zur Verfügung. Oder soll das Mädel auf Slaters Tier reiten?«

»Was sonst?« brummt Quinnahan. »Wir müssen schnell reiten. Also los, schnall die Steigbügel kürzer! Wir haben keine Zeit mehr.«

Sie reiten bald darauf weiter. Ysabel sitzt auf Slaters Pferd.

Es ist eine Flucht – nichts anderes.

Denn wenn sie anhalten, um die Verfolger zu stellen, verlieren sie Zeit. Wahrscheinlich wollen die Apachen das erreichen. Es ist wie bei einer Pumajagd. Wenige Hunde genügen, um den Puma auf einen Baum oder einen Felsen zu jagen. Dort halten sie ihn fest, bis die Jäger kommen.

Les Quinnahan kennt dieses Spiel. Er kann sich ausrechnen, daß ihre paar Verfolger zumindest einen Boten ausgeschickt haben, der eine größere Horde herbeisignalisiert.

Deshalb dürfen sie sich nirgendwo aufhalten.

Sie müssen reiten.

Nachdem alles gut und glatt gegangen war und sie sogar mit den Apachen in der Höhle ohne Verluste zurechtkommen konnten, haben sie jetzt den ersten Toten.

Das Gold hat Gun-Slater den Tod gebracht.

Les Quinnahan führt auf dem kürzesten Weg, denn er muß verhindern, daß die beiden Verfolger sie überholen oder sie von den Flanken her mit weiteren Pfeilschüssen gefährden können.

Was die Apachen machen ist typisch, ist reiner Apachenpoker. Dies ist ihr Kampfstil, wenn sie in der Minderzahl sind. Aus dem Hinterhalt schwächen sie den Feind mehr und mehr, bis sie ihn endlich so dezimiert haben, daß sie den letzten Angriff wagen können.

Bei diesem Apachenpoker kommt es darauf an, ob die Apachen noch kürzere Wege kennen als Les Quinnahan und dessen Richtung vorausberechnen können.

Sie reiten Meile um Meile, kommen gut vorwärts und werden weder angegriffen, noch sehen sie die Apachen in der Ferne, wenn sie über die mondlichtversilberten Ebenen reiten und auf ihrer Fährte zurückspähen.

Les Quinnahan ist weit genug nach Westen geritten und schwenkt kurz nach Mitternacht nach Norden ab, Er hofft, daß dieser Haken die Apachen etwas aufhalten und irritieren wird.

Ihre Pferde waren gut erholt. Ysabel reitet wie eine Apachin, geschmeidig und ausdauernd. Der Männersattel macht ihr kaum etwas aus. Sie hält sich willig zwischen den Männern. Eine Weile hatte Les Quinnahan Sorge, daß seine Schwester ausbrechen würde. Denn immer wieder wird er sich erschreckend bewußt, daß sie zumindest zur Hälfte eine Apachin geworden ist. Hätte man sie zwei oder drei Jahre früher entführt, hätte sie sich wahrscheinlich gar nicht an die Eltern und an ihn erinnern können und würde auch ihre Muttersprache nicht beherrschen.

Kurz vor der Morgendämmerung nähern sie sich dem Catalina Creek, der aus den Catalina-Bergen zum San Pedro Valley fließt.

Mit diesem Catalina Creek hat es eine besondere Bewandtnis.

Es gibt auf einer Strecke von mehr als zwanzig Meilen nach Westen zu nur zwei Übergänge, denn der Creek hat sich im Laufe der Jahrtausende tief in den Boden gefressen. Mit Pferden kann man nur an zwei Stellen hinüber. Es gibt keine Brücken.

Les Quinnahan überlegt, welchen Übergang er wählen soll.

Auch die Apachen kennen den Creek und rechnen sicher mit einer Chance, wenn sie die richtige Stelle wählen oder den Weißen auf der Fährte folgen.

Es liegt klar auf der Hand, daß Les Quinnahan sich für den westlichsten Übergang entschließen muß, da dieser am weitesten von jenem Gebiet entfernt liegt, in dem die Apachenhorden umherstreifen und die Poststraße nach Nogales und Bisbee blockieren.

Les hält sich jedoch östlicher. Er will den östlichen Übergang benutzen, und er kann nur hoffen, daß er Glück hat. Er versucht genau das Gegenteil von dem, was zu erwarten ist.

Die Morgendämmerung bricht schon an, als sie den

Übergang erreichen. Nebel steigen auf. Der Creek rauscht laut und übertönt alle anderen Geräusche.

Obwohl hier ein Übergang sein soll, sind die Ufer ziemlich steil. Ein Wagen käme hier nicht hinunter, ohne umzukippen oder die Räder zu gefährden.

Die Reiter halten an und lauschen. Sie können nicht viel sehen und außer dem Rauschen des Creeks auch nichts hören. Es liegen viele kleine und große Steine im Wasser, an denen der Creek plätschert.

Buff Quade flucht leise vor sich hin. Er wirkt sehr angespannt. Alle haben einen Revolver in der Hand.

Sie sind nervös.

Werden sie hinüberkommen, ohne mit lautlosen Pfeilen beschossen zu werden?

»Los!« zischt Les Quinnahan, sitzt ab und zieht sein Pferd hinter sich her das steile Ufer zum Wasser hinunter.

Ysabel folgt ihm. Die drei Männer schließen sich an.

Der Creek ist nicht tief, er reicht den Männern kaum bis zu den Knien. Doch der Grund ist voller Geröll und sehr schlüpfrig. Bei starken Regenfällen kommen aus allen Arroyos Sand und Steine in den Creek, rollen kleine und große Felsbrocken von den Rändern der Mesas oder Schluchten herunter.

Sie kommen gut durch den Creek und an der anderen Seite wieder hinauf. Die Dämmerung ging inzwischen in das fahle Grau des Morgens über. Die steigenden Nebel sind dünner geworden.

Die Männer halten immer noch ihre Revolver in den Händen, als sie endlich wieder aufsitzen können.

Doch da zischt es heran und macht einmal klatschend patsch, schlägt zugleich ein zweites Mal gegen einen Felsen.

Clint Hunter brüllt getroffen auf. Auch Buff Quade brüllt, denn ihm schlug der ihm geltende Pfeil hart gegen den Hals, bevor er gegen den Felsen prallte.

Sie schießen nun mit allen Colts in die Richtung, aus der die Pfeile kamen.

Dabei treiben sie ihre Pferde an. Sie wollen fort, nur fort von den schleichenden Gegnern und ihren heimtückischen Pfeilen.

Les Quinnahan läßt Buff Quade neben sich aufschließen und ruft ihm zu: »Ich lasse mich vom Pferd fallen und bleibe neben unserer Fährte zurück. Ich muß diese beiden Roten erwischen. Reitet noch eine halbe Meile und haltet dann an einem günstigen Ort an. Quade, achte auf meine Schwester! Hörst du, Quade?«

»In Ordnung, Quinnahan, in Ordnung!« ruft Quade mit einem Klang in der Stimme, der Zuverlässigkeit verspricht.

So bleibt Les zurück. Er läßt Ysabel, Mormon-Stanley und Clint Hunter an sich vorbei. In Clint Hunters linkem Oberschenkel steckt ein Apachenpfeil. Hunter muß beim Reiten höllischen Schmerzen haben. Doch er hält gewiß durch.

Er stößt einen Fluch aus, als Les Quinnahan ihm zuruft: »Nimm die Zügel meines Pferdes! Ich springe ab und gebe es den Roten. Quade weiß Bescheid. Ich hole euch bald wieder ein. Hier!«

Clint Hunter flucht. Doch dann stößt er heiser und schmerzvoll hervor: »Ja, gib es den Schuften! Gib es ihnen mit freundlichen Grüßen von mir!«

Er nimmt die Zügel. Les Quinnahan läßt sich aus dem Sattel fallen, rollt sich über den Boden und liegt hinter einem Felsen still – beide Colts in den Händen.

Er ist weit genug vom Creek entfernt, so daß dessen

Geräusch nicht alle anderen Geräusche übertönen kann.

Les Quinnahan wartet.

Er besitzt die Geduld eines Apachen. Ein anderer Mann an seiner Stelle hätte sicherlich bald Zweifel gespürt und nicht länger gewartet.

Doch er glaubt daran, daß sie kommen werden. Es bleibt ihnen nichts anderes übrig, wollen sie nicht den Anschluß verlieren. Da sie gewiß auch alle Pferde fortgaloppieren hörten, werden sie nicht annehmen, daß einer der Flüchtlinge das Wagnis eingehen könnte, allein zurückzubleiben und auf sie zu warten.

Der Tag zieht herauf. Die letzten Nebelschleier heben sich.

Und dann kommen die beiden Roten. Sie reiten rechts und links neben der Fährte und haben einen Abstand von etwa sechs Schritten zwischen sich. Einer von ihnen beobachtet die Spur. Der andere Apache schaut überallhin, um einen Hinterhalt oder eine Falle erkennen zu können.

Les Quinnahan beobachtet sie nicht mehr, als sie näher herankommen. Er hält sich tief am Boden hinter dem Felsen verborgen und lauscht nur auf den Hufschlag.

Daran muß er alles erkennen. Er bleibt ganz ruhig, solange der Hufschlag sich langsam und stetig nähert.

Als er dann aufspringt, sind sie schon halb an ihm vorbei. Im nächsten Moment schon hätten sie die Stelle gefunden, wo er vom Pferd gesprungen und über den Boden gerollt ist.

Als er hochspringt, läßt sich einer der Gegner vom Pferd fallen. Doch den anderen überrumpelt er und holt ihn mit dem ersten Schuß aus dem Sattel. Der vom

Pferd gesprungene Apache will sich in Deckung rollen. Doch Les Quinnahan schießt unter dem Bauch des Pferdes hindurch und trifft ihn zweimal. Dann rennt er vorwärts, erwischt noch das durchgehende Pferd, wirft sich mit einem geschmeidigen Sprung auf das Tier und treibt es sofort an.

Es ist eine Glanzleistung, wie sie nur ein Mann vollbringen kann, der sich von frühester Jugend an in einer feindlichen und gefährlichen Umwelt behaupten mußte.

Eine halbe Meile weiter stößt er wieder auf Quade, die beiden anderen Männer und seine Schwester. Diese sieht ihm starr entgegen. Sie hörte gewiß seine Schüsse und sieht nun das Apachenpferd, auf dem er angeritten kommt. Sie kann sich vorstellen, was geschehen ist.

Er blickt sie fest an. Wird sie ihn wieder einen Mörder nennen? Wird ihr Denken und Fühlen immer noch das einer Apachin sein, die ihre Freunde und Gefährten beklagt, so wie sie es tat, als Locos vom Pferd geschossen wurde?

Sie sagt nichts. In ihren Augen ist kein Ausdruck, den Les deuten könnte. Sie wirkt beherrscht, abwartend – aber auch nicht erleichtert.

Er denkt: Wenn ich nicht zurückgekommen wäre – sie hätte um mich keinen Schmerz gespürt. Sie ist meine Schwester, doch sie ist innerlich fast so weit von mir entfernt wie eine echte Apachin.

Er blickt zu Boden. Dort liegt Clint Hunter. Sie haben ihm schon den Apachenpfeil herausgeschnitten. Quade ist dabei, die heftig blutende Oberschenkelwunde zu verbinden.

»Hast du sie erwischt?« fragt Mormon-Stanley und betrachtet das Apachenpferd.

»Ja, – von ihnen kommen keine Pfeile mehr«, erwidert Les Quinnahan. »Es waren erfahrene Krieger«, fügt er hinzu. »Ist Hunter bewußtlos?«

Der öffnet die Augen und dann den schmerzvoll geschlossenen Mund.

»So schnell mache ich nicht schlapp – jetzt, wo das Ding endlich heraus ist«, sagt er heiser. »hast du es den Schuften auch richtig besorgt?«

Quinnahan nickt, sitzt ab und geht zu seinem Pferd. Als er aufsitzt, sind sie auch mit Clint Hunter fertig. Sie helfen ihm in den Sattel. Er setzt sich vorsichtig zurecht und grinst dann etwas krampfhaft.

»Wie viele Meilen sind es bis Camp Apache Springs?« fragt er. »Sechzig oder siebzig? Hey, ich halte durch bis in die Hölle und zurück! Warum reiten wir nicht weiter?«

Niemand gibt ihm eine Antwort. Doch sie reiten an.

Les Quinnahan führt wieder.

Nun haben sie zwar keine gefährlichen Verfolger mehr, die aus dem Hinterhalt mit lautlosen Pfeilen schießen, so daß man kein Mündungsfeuer sieht und den genauen Standort der Schützen kaum feststellen kann.

Doch Quinnahan muß sie vorsichtig führen. Sie dürfen in keine Falle reiten. Das Schlimme ist, daß sie sich keine Zeit lassen können; denn sie müssen damit rechnen, daß bald neue Verfolger auf ihrer Fährte auftauchen. Sie müssen rasch reiten.

Es ist fast unmöglich, schnell und unbemerkt durch dieses Land zu reiten. Die Pferde wirbeln Staub auf. Man kann keine großen Umwege wagen, die zwar die Möglichkeit verschaffen, in Deckung zu reiten, aber ein rasches Vorwärtskommen verhindern.

Wenn zu jenen beiden Apachen noch ein dritter gehörte, der Verstärkung herbeiholen konnte, so hilft jetzt nur noch die rasche Flucht und die größte Wachsamkeit.

Sie machen an diesem langen Tag zweimal Rast, weil ihre Pferde und sie selbst immer erschöpfter werden. Beide Male rasten sie auf einem Hügel, von dem aus sie einen weiten Blick haben über das Land der Mesas, Canyons, Schluchten und zerklüfteten Berge, die im Süden in die Sierra Madre übergehen.

Und beide Male erspähen sie Apachenhorden, die genau nach Norden ziehen. Ihre Fährte bleibt zum Glück unentdeckt.

»Sie kommen aus Mexiko herüber, denke ich«, sagt Les Quinnahan und wendet sich an seine Schwester.

»Erwartet Coloradas Victorio Verstärkung aus Mexiko?«

Sie nickt. »Viele Unterabteilungen der Chiricahuas-Cheyenne leben dort. Die Boten Coloradas Victorios reiten überall und künden von seinen Erfolgen. Ja, sie kommen aus Mexiko herüber. Bald wird er mehr als dreitausend Krieger unter sich vereinen.«

»Quade und Stanley fluchen, als sie das hören. Clint Hunter aber ist zu schwach, um überhaupt etwas zu sagen. Er hat starkes Fieber. Sein verwundetes Bein schmerzt fürchterlich und schwillt an. So hart er auch ist, dieser Ritt könnte ihn zerbrechen.

Les betrachtet die Schwester aufmerksam. Sie gibt ihm zwar willig Auskunft, doch sie wirkt nicht so, als stünde sie mit ihrem Fühlen und Denken auf seiner Seite.

Er spürt eine tiefe Bitterkeit und hat doch Mitleid mit Ysabel. Er begreift, daß sie sich wie zwischen zwei

Ufern fühlen muß. Ihr Verstand, der ihr sagt, daß sie eine Weiße ist und zu ihrer Rasse zurückreitet, der sie durch Geburt angehört, kann die vergangenen zehn Jahre einfach nicht auslöschen.

Denn die Apachen waren gut zu ihr. Sie sind stets gut zu ihren Kindern, auch zu jenen, die sie raubten und zu Apachen machen wollten.

Sie reiten am späten Nachmittag – als die Schatten länger werden und Deckung geben – endlich weiter. Les Quinnahan hofft, daß sie noch vor Mitternacht ihr Ziel erreichen.

Doch wenn die Apachen durch Rauchzeichen von ihrer Annäherung erfahren . . .

10

Aber sie schaffen es!

Als der Mond über die Berge kommt, erblicken sie Camp Apache Springs.

Um Ann Sherburns kleine Ranch sind im Geviert Wagen aufgefahren. Man hat aber auch schon einige Erdwälle aufgeworfen und Palisaden aufgestellt.

Feuer brennen überall. Wachtposten machen ihre Runde.

Dies ist ein befestigtes Armeecamp, dessen Mittelpunkt die kleine Ranch mit der Quelle ist. Diese Quelle ist wichtig. Nur wegen dieser Quelle wurde die Ranch zum Mittelpunkt. Der Quellbach führt durch das Camp und schlängelt sich durch die Hügel davon. Über dem Camp ragt ein Felsen wie ein dreieckiger Turm auf.

Das erkennen sie in der hellen Nacht.

Sie halten im Schatten eines Hügels, um den sie langsam und vorsichtig herumgeritten kamen.

»Los, worauf warten wir denn, warum reiten wir nicht?« fragt der fiebernde Clint Hunter, den sie auf dem Pferd festgebunden haben. Er ist jetzt wieder bei Sinnen. Der Anblick des Camps gibt ihm noch einmal Energie und Kraft. Er weiß, daß dort drüben gewiß ein Feldarzt der Armee ist.

»Ja, warum zögern wir?« fragt auch Mormon-Stanley.

»Langsam«, brummt Buff Quade, »nur langsam. Wir wollen im letzten Moment nicht noch die große Schüssel umstoßen, so daß alles auslaufen kann. Quinnahan sagt, wann wir reiten – nur er sagt es.«

Und Quinnahan läßt sich Zeit. Es kommt ihm nun zustatten, daß er dieses kleine Tal so gut kennt. Er weiß genau, wo sich lauernde Apachen verbergen können. Es gibt im Tal Senken, Arroyos und Felsen- und Baumgruppen.

Daß dieses Camp dort mehr oder weniger eingeschlossen ist, hält er für sicher.

Er wendet sich an die Männer und die Schwester:

»Paßt auf, ich erkläre euch den Weg, den wir reiten müssen. Zuerst bis nicht ganz auf Schußnähe an die Felsengruppe heran. Dann schwenken wir auf die Nordwestecke des Camps ein. Zweihundert Yard vor der Ecke biegen wir genau nach Osten ab und halten diese Richtung bis zur Wagenburg. Ihr dürft keinen anderen Weg nehmen, wenn ihr nicht in das Feuer der verborgenen Apachen geraten wollt. Verstanden? Es gibt auf dieser Seite mehr als ein Dutzend Plätze, wo Apachen sich verstecken können. Wir müssen sie meiden. Und will uns jemand den Weg verlegen, so laßt euch nicht abdrängen. Wir müssen uns den Weg freischießen! Lassen wir uns abdrängen, geraten wir in Kugel- oder Pfeilhagel. Und nun los!«

Er nimmt die Zügel zwischen die Zähne und beide Revolver in die Fäuste. So reitet er los.

Hinter ihm halten sich Ysabel und der verwundete Hunter.

Dahinter kommen Quade und Mormon-Stanley.

Sie lassen ihre Pferde sofort richtig anspringen, denn jede Sekunde ist kostbar. Im vollen Galopp schießen sie aus dem schützenden Schattenbereich des Hügels heraus und befinden sich ohne jede Deckung im Mond- und Sternenlicht.

Les Quinnahan ist gewöhnt, so zu reiten. Sein gutes Pferd gehorcht dem Schenkeldruck. Er hat beide Revolver schußbereit.

Sie kommen etwa dreihundert Yard weit.

Dann krachen rechts von ihnen Gewehre und kommen Pfeile geflogen.

Doch die Entfernung ist zu groß, und sie reiten zu schnell. Sie hören die Kugeln pfeifen. Die Pfeile fallen zu kurz geschossen nieder.

Dann aber springen links von ihnen einige gedrungene Gestalten aus dem Gras, versuchen, ihnen den Weg abzuschneiden und zu einer Buschgruppe zu gelangen.

Doch Les schwenkt rechtzeitig auf die Felsengruppe ab und schießt zweimal.

Wieder bleiben sie eine Weile unbehelligt. Aber als sie außer Schußnähe der Felsengruppe plötzlich auf die Nordwestecke des Camps abschwenken, feuern einige Gewehre aus den Felsen. Enttäuschtes Geheul übertönt das Hufgetrappel ihrer Pferde.

Zwischen ihnen und der Nordwestecke des Camps befindet sich noch ein Arroyo. Les weiß, daß auch dort Feinde lauern. Als er dann nach Osten abschwenkt, um das letzte Stück zu schaffen, kommen einige Apachen aus dem Canyon. Sie sind zu Fuß, doch sie laufen fast so schnell wie galoppierende Pferde. Sie setzen alles daran, den Reitern den Weg zu verlegen.

Als sie nahe genug sind, bleiben sie stehen und beginnen zu schießen. Les Quinnahan dreht sich im Sattel zur Seite und schießt mit beiden Revolvern. Es ist geradezu unheimlich, wie sicher und schnell er von seinem galoppierenden Pferd schießen kann. Dabei bleibt er etwas zurück, so daß Clint Hunter und Ysabel rechts von ihm reiten und er sie mit seinem Körper etwas deckt. Buff Quade und Mormon-Stanley reiten als Dekkung vor Hunter und Ysabel. Sie schießen ebenfalls, und sie sind nicht viel schlechter.

Natürlich ist es mehr oder weniger doch Zufall, wenn die Kugeln der Männer treffen. Es geschieht zwei- oder dreimal, denn die Entfernung ist groß. Die Apachen hören die Kugeln zischen und werfen sich in Deckung. Kostbare Sekunden werden gewonnen.

Doch dann erwischt es Mormon-Stanley. Er fällt lautlos vom Pferd, bleibt mit einem Fuß im Steigbügel hängen und wird mitgeschleift.

Der zweite Mann, den es trifft, ist Buff Quade. Er stößt einen wilden Schrei aus, in dem Wut und Verzweiflung enthalten sind, sogar Anklage gegen das Schicksal, das ihn erst zu einem Sack Gold kommen ließ, um ihm dann so kurz vor dem Ziel das Glück zu entziehen.

Er bringt es jedoch fertig, sich auf dem Pferd zu halten. Ihm ergeht es nicht ganz so schlecht wie Mormon-

Stanley, der niemals wieder zu seinen drei Frauen nach Utah zurückreiten kann.

Sie gelangen in Schußnähe des Armeecamps. Doch man hält dies nicht für einen Apachenangriff und schießt nicht auf sie. Man läßt sie herankommen und gibt den Zugang frei.

Als sie anhalten, fällt Buff Quade vom Pferd, ohne auch nur einen Laut von sich zu geben.

Clint Hunter, den sie auf dem Pferd festgebunden hatten, kann nicht herunterfallen. Er wird bewußtlos. Seine zähe Energie fällt nun zusammen.

Les Quinnahan hat zwei Streifwunden. Sein Sattelhorn wurde weggeschossen. Auch sein Pferd erhielt Streifschüsse. Wenn es nicht so erschöpft wäre, würde es nervös schnauben und tänzeln.

Doch es ist am Ende seiner Kraft.

Ysabel ist völlig unverletzt. Es ist, als wären die Apachenkugeln keine Gefahr für sie gewesen.

Als Les absitzt, schwankt sein Tier, Ysabel schwingt sich leicht aus dem Sattel.

Soldaten und Zivilisten finden sich ein. Sergeant Mike O'Connors Stimme tönt: »Hoiiii, wenn das nicht Les Quinnahan ist! He, du . . .«

Er drängt sich vor und erblickt nun auch Ysabel. Zuerst hält er sie wahrscheinlich wie alle anderen Umherstehenden für eine Apachin. Denn im Mond- und Sternenlicht wirkt Ysabel dunkler als bei Tage, und sie trägt noch die Tracht eines Apachenmädchens.

Doch der Sergeant weiß eine Menge über Les Quinnahan und deshalb auch, was diesen jahrelang zur ruhelosen Suche antrieb.

»He, Lesly, hast du sie gefunden? Ist sie das?« fragt er heiser.

»Das ist meine Schwester.«

Les nimmt Ysabel bei der Hand.

»Mike, kümmere dich um diese beiden Männer und um unsere Pferde, ja? Laß alles Gepäck zu Ann Sherburn schaffen. Es geht ihr und dem Jungen doch gut?«

»Sicher, sicher«, erwidert der Master-Sergeant. Er betrachtet das Geschwisterpaar einige Sekunden.

Alle sehen wie gebannt auf Les Quinnahan und seine Schwester.

Aber Les Quinnahan wartet nicht mehr. Er will nicht, daß sie Ysabel länger anstarren können; er möchte nicht, daß man sie in dieser Tracht der Apachinnen sieht.

Er geht mit ihr davon – und sie lassen die staunende Versammlung hinter sich.

Er hört, wie der Sergeant Soldaten und Zivilisten Befehle erteilt.

Die Apachen draußen rühren sich nicht mehr. Sie sind nicht zu sehen und gaben auch längst das Schießen auf.

Aber zwei der Weißen bekamen sie – zuerst Gun-Slater und zuletzt Mormon-Stanley.

Es wird sich bald herausstellen, ob sie noch mehr auf ihre Erfolgsliste setzen können.

Buff Quade wurde in der allerletzten Minute schwer getroffen.

Clint Hunters Bein ist unheimlich angeschwollen. Gewiß verursachte der Pfeil eine Blutvergiftung.

Les Quinnahan denkt nur kurz an diese Dinge, und irgendwie spürt er ein leichtes Bedauern. Gewiß. Quade und seine drei Partner waren üble Burschen, Revolverhelden, Banditen, Strolche, Piraten. In der Höhle hatten sie mit ihren Revolver wie Wilde gehaust.

Dennoch standen sie später zu ihrem Wort. Sie halfen ihm, die Schwester zu retten. Sie verfielen nicht dem Rausch des Goldes, behielten klare Köpfe und hielten ihr Wort ihm gegenüber, nachdem er ihnen die Goldader gezeigt hatte.

Les Quinnahan verdrängt diese Gedanken. Sie haben nun Ann Sherburns Haus erreicht.

Ann steht vor der Tür im Lichtschein der im Haus brennenden Lampe.

»Les«, sagt sie laut und klar, »ich bin so froh, daß du zurückgekommen bist und nicht irgendwo dort draußen . . .«

Sie verstummt, denn nun erst zieht Les seine Schwester in den Lichtschein. Einen Moment erschrickt Ann. Sie glaubt, eine echte Apachin vor sich zu haben.

Doch dann erkennt sie in Ysabel eine Weiße.

»Hast du deine Schwester gefunden, Les?« Ihre Stimme klingt gut und herzlich, voller Freude und Teilnahme. Ysabel hebt ihren Kopf noch höher. Es sieht aus, als wittere sie aufmerksam und lauschte auf ihren feinen, untrüglichen Instinkt. Schlagartig muß sie begriffen haben, was zwischen Ann Sherburn und ihrem Bruder ist.

»Das ist Ysabel«, murmelt Les und schiebt sie etwas vor. Ysabel läßt es geschehen, doch sie verhält sich sonst starr, fast ablehnend und abweisend. Sie wirkt wie ein verstocktes Kind, das sich weigert, die Hand zu geben.

Ann Sherburn macht nicht den Fehler, überschwenglich Mitleid und Freude zu äußern. Sie begreift sofort, daß dieses Mädchen scheu und in eine ihr völlig fremde Welt getreten ist.

Sie rührt Ysabel nicht an.

Doch in ihrer Stimme ist ein guter, warmer, ruhiger Klang, als sie sagt: »Kommt herein! Ich freue mich sehr, daß du deine kleine Schwester gefunden hast, Les. Ich freue mich noch mehr, daß du sie zu mir bringst. Kommt herein! Ihr werdet hungrig und müde sein. Joe schläft schon. Sein Schlaf ist tief und fest nach einem langen erlebnisreichen Tag. Wir wollen ihn nicht wekken. Er soll sich morgen freuen können.«

Les und Isabel treten ein. Les beobachtet seine Schwester von der Seite. Er spürt, wie Ysabel zögert. Dieser Eintritt in das Haus einer weißen Familie erscheint ihr gewiß wie der letzte Schritt über eine Schwelle in ein völlig anderes Leben.

Seit zehn Jahren hat sie gelernt, daß die Weißen schlecht sind, daß man sie hassen und vernichten muß. Sie hat allmählich sogar vergessen, daß sie selbst eine Weiße ist.

Jetzt aber ist es für sie ein Weg zurück in ein Leben, das sie nur noch sehr unklar in Erinnerung hat.

Ann Sherburn begeht nicht den Fehler, von Waschen und sauberen Kleidern zu sprechen. Sie tut ganz so, als hätte sie zwei müde, hungrige und sehr liebe Gäste.

Les hat jedoch nicht lange Gelegenheit, mit den beiden Frauen am Tisch zu sitzen, zu essen und sich allmählich zu entspannen.

Sergeant Mike O'Connor kommt mit zwei Soldaten. Sie bringen das Gepäck von Les und das der anderen Männer. Auch die Goldsäcke sind dabei.

»Es ließ sich nicht verhindern, daß bekannt wurde, was in euren kleinen Ledersäcken ist«, sagt der Sergeant. »Ihr solltet gut auf euer Gold achten. Im ganzen Camp weiß man schon, daß ihr nicht nur das Mädel, sondern auch Gold mitbrachtet. Einige Narren wollten schon hinaus, um das andere Pferd zu holen, das den erschossenen Reiter mitschleifte. Es steht noch draußen im Gestrüpp des Vorfeldes. Ich glaube, die Apachen warten nur darauf, daß jemand versucht, es zu holen. – Aaah, ehe ich es vergesse! Du sollst recht bald zum Captain kommen! Das ist wohl verständlich, nicht wahr? Wir sitzen hier wie auf einer Insel, zu der keine Schiffe mehr gelangen. Der Captain wartet auf dich. Entschuldigen Sie, Madam, daß ich ihn sofort weghole.«

Er grüßt Ann Sherburn und betrachtet Ysabel, die am Tisch sitzt und seinen Blick ausdruckslos erwidert. Sie muß sich erst daran gewöhnen, daß dieser Sergeant nicht mehr ihr Feind ist. Sie lernte, die Soldaten zu fürchten und zu hassen. Jetzt ist alles plötzlich anders.

»Es ist gewiß nicht einfach für sie«, murmelt Mike O'Connor und zieht sich nach draußen zurück.

»Du kannst Ysabel bei mir lassen«, sagt Ann, bevor er sie darum bitten kann. »Ich bin sehr froh, deine Schwester hier zu haben. Auch Joe wird sich freuen. Geh nur! Der Captain wartet, und er hat es schwer genug.«

Les blickt Ysabel an.

»Ich laufe nicht fort«, sagt sie, »wenn du das befürchten solltest. Diese Frau ist gut. Das spüre ich – gut zu dir und sicherlich auch zu mir. Ich werde bleiben und versuchen, wieder eine Weiße zu werden. Ich muß es doch versuchen! Mit eurer Hilfe wird es mir schon gelingen. Ich kann nichts dafür, wenn ich mich vor diesem Soldaten fürchte.«

Les nickt. Dann geht er.

Captain Howard Banteen – er brachte es während des Krieges bis zum ›Colonel auf Kriegszeit‹ – sitzt müde im Kommandeurszelt hinter seinem Feldschreibtisch und nickt Les Quinnahan zu, als dieser von der Ordonnanz eingelassen wird.

»Meinen Glückwunsch«, sagt er. »Nicht nur wegen der Rettung Ihrer Schwester, Les. Auch deshalb, weil es euch gelungen ist, nach Camp Apache Springs hereinzukommen. Ich glaube, daß ihr eine Menge Glück hattet, weil die Apachen aus Süden und Westen keine Gegner erwarten. Les, wir sind eingeschlossen. Man kann es nicht anders nennen. Einige Zeit glaubten wir, Coloradas Victorio wäre tot oder wenigstens für lange Zeit ausgeschaltet. Einige meiner Leute sahen ihn vom Pferd fallen. Doch seit zwei Tagen ist er wieder da, gesund und munter. Er reitet dreimal am Tag um Camp Apache Springs. Und es stoßen immer mehr Kriegstrupps und größere Horden zu ihm. Ich schätze, daß er tausend Krieger rings um das Camp versammelt hat und weitere starke Horden ihn nach allen Richtungen absichern, aus denen wir Verstärkungen bekommen könnten. Die Armee handelt wieder einmal zu langsam. Wenn wir Coloradas Victorio länger als eine Woche hier festhalten können, ist er gewiß verloren. Dann nehmen ihn Truppen aus Fort Grant und Fort Bayard in die Zange und verlegen ihm auch den Fluchtweg nach Mexiko. Aber eine Woche oder acht bis zehn Tage sind eine lange Zeit. Als die Armee daranging, eine Anzahl solcher Camps zu errichten, glaubte sie nicht, daß Red Vic so schnell über eine große Kriegsmacht verfügen würde. Man rechnete mit drei- bis vierhundert Kriegern. Und man hat sich wieder einmal verrechnet, weil man diese Apachen für dumme Wilde hält – nur weil ihre Häuptlinge nicht auf eine Militärakademie gingen und . . .«

Er winkt ab, er möchte nicht seine ganze Bitterkeit entladen.

»Setzen Sie sich, Les«, brummt er, »und erzählen Sie mir Ihre Erlebnisse. Vielleicht erfahre ich etwas Neues. Wollen Sie eine Zigarre?«

Les raucht und berichtet dem Captain alles.

Er schließt mit den Worten: »Wir hatten Pech, daß Coloradas Victorio nicht mehr in der Heiligen Höhle war, als wir dort eindrangen, um meine Schwester zu holen. Doch früher konnte ich es nicht wagen. Ich mußte mir erst gegen das Versprechen, ihnen die Goldader zu zeigen, die Hilfe von Buff Quade und seinen Partnern verschaffen – und selbst wir kamen zu spät, obwohl ich zwei Tage dadurch einsparte, daß ich sie und nicht die Armee zu Hilfe holte. Wie steht es hier im Camp, Captain?«

»Schlecht! Es ist ein Camp und kein Fort. Die Befestigungen sind kümmerlich, kaum mehr als eine Wagenburg. Wasser, Munition und Proviant sind reichlich vorhanden. Aber für die Tiere gibt es kaum noch Futter. Wir haben eine Menge Verwundete im Lazarettzelt. Eine Anzahl Siedler und Farmer konnten sich mit ihren Familien zu uns retten, dazu kommen ein paar Goldsucher, Minenarbeiter, Frachtwagenfahrer und eine Postkutsche voll Passagiere. Ich habe hier siebenundfünfzig Zivilpersonen, die nicht kämpfen können, also Frauen, Kinder und alte Männer. Dann habe ich einundvierzig kampffähige Zivilisten und sechsundneunzig Soldaten, mich eingerechnet. Im Lazarett liegen neunundzwanzig mehr oder weniger schwerverwundete Männer. Was glauben Sie, Les, steht uns bevor?«

»Sie müssen das Camp verkleinern«, erklärt Les. »Sie müssen alle Tiere fortjagen und das Camp um die

Hälfte verkleinern, so daß die Verteidiger fast Schulter an Schulter stehen und Sie außerdem noch eine Art Feuerwehr zur Verfügung haben, die Sie zu den kritischen Punkten schicken können. Sie müssen das Camp sofort verkleinern, jetzt gleich! Es kann schon in zwei Stunden zu spät sein!«

Der Captain nickt. »Ich gebe viel auf Ihren Rat, Les. Was Sie vorschlagen, deckt sich mit meiner Meinung. Ich wollte schon entsprechende Befehle geben, als sie mit Ihrer Begleitung das Camp erreichten. Aber noch eine Frage, Les. Die Medizinfrau der Chiricahuas ist tot. Könnte das irgendwelche Auswirkungen haben? Ich meine, könnte das von den Apachen als ein böses Zeichen angesehen werden? Les, als Sie vorhin von Ihren Erlebnissen erzählten, sprachen Sie die Vermutung aus, daß Juana und Red Vic zusammenarbeiteten. Wenn Juana die treibende Kraft war, dann könnte es doch sein, daß Red Vic nun . . .«

»Nein! Nicht, solange er dieses Camp umklammert hält und glaubt, es leicht vernichten zu können. Kommen Sie, Captain, wir müssen etwas unternehmen. Es ist eilig!«

Sie verkleinern in dieser Nacht das Camp, ziehen ihre Verteidigungslinien zurück, treiben alle überflüssigen Tiere aus dem Camp und gruppieren die Wagenburg zu einer Doppelreihe. Da das nicht ohne Geräusche abgeht, wissen die Apachen bald Bescheid.

Sie warten nicht länger, sondern greifen noch vor der Morgendämmerung an. Das ist ungewöhnlich, denn die Apachen begeben sich nicht gern in die Gefahr, in der Nacht sterben zu müssen.

Doch Red Vic hat sie alle fest in der Hand. Sie gehorchen ihm wie folgsame Soldaten.

Ihr Angriff kommt mit aller Wucht. Sie wollen Camp Apache Springs im ersten Ansturm überrennen.

Vielleicht hätten sie es geschafft. Doch es sind zwei Umstände gegen sie.

Erstens sind alle kampffähigen Männer im Camp auf den Beinen, nicht nur die Posten. Die Verteidiger können sofort ihre Abwehrkraft ausspielen.

Zweitens wollen die Apachen das Camp zu gleicher Zeit von allen Seiten überrennen, anstatt einen bestimmten Abschnitt zu stürmen, ihn aufzubrechen und in das Camp einzudringen, so daß die meisten Verteidiger nach innen gewandt kämpfen müssen.

Aber es ist ein wilder, verzweifelter Kampf.

Die Apachen fluten noch einmal zurück. Sie haben starke Verluste; denn viele Krieger, die bis hinter den Verteidigungsring eindringen konnten, wurden getötet.

Doch die Verluste der Verteidiger wirken sich schlimmer aus, weil sie ohnehin nur eine kleine Anzahl kampffähiger Männer waren.

Dieser Angriff kostet die Weißen elf Tote und siebzehn Verwundete. Daran kann man ermessen, wie verzweifelt gekämpft wurde und daß alles auf des Messers Schneide stand.

Hätten die Apachen noch einige Minuten länger gekämpft, so wären sie ins Camp eingedrungen.

Als der Morgen anbricht, liegt lähmendes Entsetzen über Camp Apache Springs.

Die Menschen begreifen, daß die Apachen vielleicht schon beim nächsten Ansturm gewinnen, alles niederrennen, totschlagen und umbringen. Wild, gnadenlos und ohne Erbarmen. Vielleicht werden sie die Kinder leben lassen, um Apachen aus ihnen zu machen. Und vielleicht werden sie auch einige junge Frauen und Mädchen mitnehmen.

Camp Apache Springs ist zum Untergang verurteilt, wenn nicht ganz schnell von draußen Rettung kommt.

Der Captain, seine beiden Leutnants, die Sergeanten, Les Quinnahan und die anderen maßgebenden Männer unter den Zivilisten gönnen sich keine Ruhe. Sie sind überall, organisieren, planen, dirigieren und legen immer wieder mit Hand an, wenn etwas nicht schnell genug geht.

Camp Apache Springs wird noch mehr verkleinert und zu einem Fort gemacht. Doch die Wagen, Erdwälle und Palisadenbefestigungen sind nicht ausreichend.

Die Zivilisten schimpfen auf die Armee. Es wird ihnen allen klar, daß die Armee wieder einmal falsch gerechnet hat und zu langsam reagiert.

Von diesem Camp aus sollten Armeepatrouillen Fühlung mit den Apachen halten und ständig deren Bewegungen melden. Im schlimmsten Fall sollte das Camp zu einem Köder werden, der die Apachen so lange festhält, bis die Armee zuschlagen kann.

Doch die Kriegsmacht der Apachen wuchs zu schnell – viel schneller als berechnet.

Jetzt sitzen die Menschen in Apache Springs in der Klemme.

11

Ann Sherburn kommt an diesem Morgen sehr spät dazu, für Joe und Ysabel Frühstück zu machen. Ihr Haus liegt im Mittelpunkt des Camps, und sie hat sich bereit erklärt, alle Frauen und Kinder darin aufzunehmen.

Das wird noch vor dem Mittagessen geschehen. Von diesem Zeitpunkt an wird das kleine, dreiräumige Haus voller Menschen sein.

Joe und Ysabel sitzen am Tisch. Sie blicken sich manchmal an. Der Junge hat noch nicht viel mit Ysabel gesprochen. Sie trägt immer noch die Apachentracht und erwidert Joes forschenden Blick ruhig. Einmal lächelt er sie an, und sie erwidert sein Lächeln.

»Warum siehst du immer noch wie ein Apachenmädel aus?« fragt er. »Meine Mom würde dir gewiß etwas von ihren Sachen geben. Ich will nicht, daß du noch länger wie ein Apachenmädchen rumläufst. Die Apachen haben meinen Vater getötet – und sie wollten auch Mom und mich erledigen. Wenn Les nicht bei uns geblieben wäre . . .«

»Ich würde die gerne etwas geben, Ysabel«, unterbricht ihn Ann. »Vielleicht solltest du dich wirklich auch äußerlich in eine Weiße verwandeln. Doch wenn du in deiner Tracht – die dir übrigens ausgezeichnet steht – bleiben willst, dann . . .«

»Ich will mich baden und umziehen«, unterbricht Ysabel sie entschlossen. »Ja, ich muß endlich damit anfangen, mich in ein weißes Mädchen zu verwandeln.«

So kommt es, daß Les Quinnahan seine Schwester völlig verändert sieht, als er kurz vor der Mittagszeit in Anns Haus tritt.

Ann Sherburn hatte noch ein paar Kleider aus ihrer Mädchenzeit, als sie selbst noch schlanker war. Die Sachen passen Ysabel, sind nur etwas zu lang. Doch das läßt sich schnell ändern.

Les Quinnahan steht da und betrachtet die Schwester. Das blaue Leinenkleid ist einfach, doch die weißen Rüschen daran verändern die Schwester sehr, machen sie mädchenhafter und weicher. Sie wusch sich das Haar und frisierte sich anders. Sie sieht nicht mehr wie eine Apachin aus. Sie ist eine dunkelhaarige Schottin mit hellen Augen.

Und sie ist mehr als hübsch. Auf eine rassige und etwas eigenwillige Art ist sie schön.

»Heiliger Rauch!« sagt Les Quinnahan. »Was habe ich doch für eine reizende Schwester! Ysabel, ich werde die meiste Zeit damit verbringen müssen, dir lästige Freier vom Hals zu halten. Na gut! Das wäre dein erster großer Schritt. Aber jetzt müßt ihr Platz machen. Die Frauen und Kinder kommen; denn dieses feste Haus ist der einzige einigermaßen sichere Ort für sie. Das Camp ist zu klein, um in der Mitte einen sicheren Platz zu haben. Die Verwundeten kommen in die Scheune, deren Wände man noch verstärkt. Wir müssen durchhalten, bis von Fort Grant Verstärkung kommt und Coloradas Victorio sich zurückziehen und die Umklammerung lösen muß. Also . . .«

Er macht eine hilflose Bewegung, weil er keine besseren Worte finden kann.

»Sie sollen alle kommen«, sagt Ann Sherburn. »Dann machen wir aus diesem Haus eine Festung. Essen habe ich schon für alle gekocht. Sie sollen hereinkommen!«

Ysabei steht still in der Ecke und sieht die Frauen und Kinder durch die Tür drängen.

Sie sieht Frauen, die beherrscht und tapfer wirken, aber auch einige, die voller Angst dem Zusammenbruch nahe sind. Sie sieht größere Kinder, die schon genau wissen, in welcher Gefahr sie sind, und kleinere, die noch nicht begreifen, deren Augen groß, neugierig und unschuldig blicken.

Eine der Frauen wird hereingetragen, weil sie vor einigen Stunden in einem Zelt ein Baby bekam. Sie ist zu schwach, um gehen zu können. Während zwei Männer sie auf einer Trage hereinbringen, hält sie das Baby in den Armen und ist offensichtlich entschlossen, es nie wieder loszulassen.

Das alles beobachtet Ysabel.

Sie möchte helfen, aber sie spürt ihre Unsicherheit. Sie hat das Gefühl, als trenne sie noch ein weiter Abstand von diesen Frauen und Kindern. So steht sie nur da und sieht zu. Sie wirkt ein wenig hilflos. Es ist ihr nicht möglich, von sich aus Kontakt zu finden. Ihre Hilfe wird auch nicht benötigt, denn es sind außer Ann Sherburn noch zwei oder drei resolute Frauen da, die sofort das Kommando übernehmen und Ordnung in das Durcheinander bringen. Es sind erfahrene Rancher- oder Siedlerfrauen, die nicht zum ersten Mal in einer so mißlichen Lage sind.

Ysabel sieht von einem Kind zum anderen. Sie erinnert sich plötzlich daran, wie es damls war, als Apachen sie entführten. Was hatte sie sich gefürchtet! Sie hatte geweint und nach ihren Eltern verlangt – bis sie dann allmählich vergaß und ihr Selbsterhaltungstrieb von ihr verlangte, sich anzupassen und einzufügen.

So wird es vielen dieser Kinder gehen, denkt sie. Sie werden keine Eltern mehr haben und bei den Apachen leben. Sie werden weinen und klagen, nach Mutter und Vater verlangen – und die Apachen werden zwar freundlich und gut zu ihnen sein, doch auch energisch und bestimmt. Man wird aus ihnen Apachen machen – wie aus mir. Sie tun mir leid. Und einige dieser Frauen – besonders die jungen – wird man ebenfalls mitnehmen. Ich habe viele Weiße gekannt, die . . .

Sie überlegt, und viele Dinge werden ihr klar. Einige Male muß sie sich über die Augen wischen.

Dann steht plötzlich ein ganz kleines Mädchen bei ihr, zupft an ihrem Kleid und sagt: »Du, Tante, ich muß mal. Wo kann ich mal?«

Sie nimmt die Kleine an der Hand und geht mit ihr hinaus.

Als sie später ins Haus zurückkommt, ist es ruhiger geworden. Einige älteren Frauen sehen Ysabel an. Und eine fragt: »Miss Quinnahan?«

Ysabel nickt. Da spricht die Frau weiter: »Sie lebten doch bei den Apachen, Miss Quinnahan?«

»Ja. Nennen Sie mich Ysabel, wenn es Ihnen recht ist.«

»Gewiß, Ysabel, gewiß. Wir würden gerne etwas von Ihnen wissen, Ysabel. Wie sind die Apachen zu kleinen Kindern? Wissen Sie, Ysabel, wir alle haben kleine Kinder. Und wenn . . .«

Nun kann sie nicht weiter. Die Stimme versagt ihr.

Ysabel versteht sie plötzlich gut. Sie spürt die brennenden Blicke der anderen Frauen und begreift, welch bange Frage in ihnen ist.

Sie sagt leise, doch bestimmt: »Ich war sieben Jahre, als die Apachen mich mitnahmen. Das Leben bei ihnen ist hart. Doch sie sind gut zu Kindern. Unter sich sind die Apachen sehr warmherzig, hilfsbereit und freundlich. Sie lieben sich wie gute Menschen, und sie haben sehr strenge Gesetze. Sie lügen nicht und bestrafen Ehebruch besonders schwer. In ihrer Sprache gibt es kein Wort für ›du sollst‹ oder ›du mußt‹. Sie bitten um etwas. Ich habe in der ersten Zeit meine Eltern vermißt. Doch ich hatte bald Freunde und Spielgefährten. Ich wurde nie geschlagen, und selbst fremde Apachen, die zu Besuch in unser Dorf kamen, strichen über mein Haar und fanden freundliche Worte.«

Als sie verstummt, starren die Frauen sie voll Angst und Sorge an. Sie weiß, daß ihre Worte ihnen keinen Trost geben konnten. Denn sie müssen immer wieder daran denken, daß die Apachen wahrscheinlich nur die kleinen Kinder und die jungen Frauen am Leben lassen und mitnehmen. Alle anderen Menschen im Camp Apache Springs werden bald tot sein.

Wie kann ich ihnen helfen? fragt sich Ysabel Quinnahan. Sie spürt plötzlich den heißen Wunsch, diesen Menschen zu helfen.

Diesen kleinen ahnungslosen Kindern soll es nicht so ergehen wie ihr. Aber was kann ein Mädchen wie Ysabel Quinnahan tun?

Vielleicht aber kann die Apachin, die Gehilfin und Nachfolgerin der alten Juana etwas tun? Denn eigentlich ist sie nun die Medizinfrau der Apachen, ihre Seele, ihre Seherin, ihre Heilerin.

Ja, sie ist es immer noch.

Sie muß nur zu ihnen zurückgehen. Dann kann sie Juanas Vermächtnis antreten. Alle Apachen wissen, daß sie von Juana als Nachfolgerin ausgebildet und bestimmt wurde.

Und Juana hatte Macht.

Auch sie, Ysabel, könnte Macht besitzen. Wäre das eine Möglichkeit, diese Frauen und Kinder zu retten?

Was für einen Plan müßte sie sich ausdenken und zur Ausführung bringen?

Ysabel Quinnahan spürt, wie eine bestimmte Idee in ihr wächst und von ihr Besitz ergreift.

Am späten Nachmittag kommt etwas Wind auf, und die Apachen nutzen das sofort aus. Auf der Luvseite des Forts zünden sie mehrere Feuer an und werfen grüne Kakteen, Gras und Büsche hinein, die einen starken Qualm entwickeln, der vom Wind über das Camp getrieben wird und eine schützende Wand ist, in deren Deckung die Apachen angreifen.

Abermals wird es ein schrecklicher Kampf, wild, gnadenlos und voller Haß.

Das befestigte Camp ist nun so klein, daß die Verteidiger Schulter an Schulter kämpfen. Die Hindernisse sind für die Apachen schwieriger geworden.

Mehr als einem Dutzend gelingt es trotzdem, ins Camp einzudringen. Hauptsächlich Les Quinnahans Schießkunst ist es zu verdanken, daß man sie niederkämpft, bevor sie ein zu großes Blutbad anrichten. Sie sind bereit, ihr Leben zu opfern, wenn es ihnen gelingt, eine Bresche für die nachdrängende Welle zu schlagen.

Doch Les Quinnahan und zwei andere Revolvermänner behalten die Oberhand. Die meisten Zivilisten schießen mit Schrotflinten, die alle mit grobem Indianerschrot geladen sind. Diese Schrotflinten krachen fortwährend zwischen dem Gewehrgeknatter der Soldaten.

Nochmals wird der Angriff abgeschlagen.

Doch die Verluste der Verteidiger sind groß, ihre Kampfkraft ist erheblich geschwächt.

Als man die noch kampffähigen Männer zählt, sind es nur noch dreiundzwanzig Zivilisten und genau sechzig Soldaten, Sanitäter und Feldarzt mit eingerechnet.

Natürlich hatten auch die Apachen starke Verluste, noch mehr als die Verteidiger.

Doch sie sind in zehnfacher Überzahl.

Beim nächsten Angriff müßten sie es eigentlich schaffen.

Es wird Abend, während man sich um die Verwundeten und Toten kümmert, die Verteidigungsstellungen noch verstärkt, so gut es geht, ausruht und Abendbrot ißt.

Niemand spricht über die mißliche Lage. Allen ist klar, daß sie bald tot sind, wenn kein Wunder geschieht. Denn außer den dreiundachtzig kampffähigen Männern sind ja siebenundfünfzig Frauen, Kinder und Alte in Ann Sherburns Haus, liegen fast fünfzig Verwundete in der Scheune. Es geht um viele Menschenleben.

Ysabel und Les Quinnahan treffen sich vor Ann Sherburns Haus.

Les streicht über Ysabels Haar. Es ist die erste Zärtlichkeit der kleinen Schwester gegenüber.

»Es tut mir leid«, sagt er. »Es war alles umsonst. Ich habe dich von den Apachen fortgeholt, um dich in ein neues Leben zu führen. Doch ich machte dann den Fehler, nach Camp Apache Springs zu reiten . . .«

»Weil hier die Frau ist, die du liebst«, sagt sie.

Er nickt. »So ist es«, sagt er. »Ich brachte dich zu ihr,

weil ich hoffte, daß du bei ihr Hilfe findest, wenn du dich wieder an das Leben unter Weißen gewöhnen mußt. Ich wußte, wie schwer es für dich sein würde, und eine Frau konnte dir in vielen Dingen mehr helfen als ich. Doch es ist bald alles vorbei. Wir können uns nicht mehr bis morgen halten. Gewiß werden die Apachen bei Nacht oder spätestens in der Morgendämmerung angreifen. Diesmal überrennen sie das Camp. Wenn es doch einen Weg gäbe! Man müßte Coloradas Victorio töten. Nur das würde uns einen Aufschub bringen. Aber wie komme ich an ihn heran? Es ist unmöglich! Schwester, dir werden sie wahrscheinlich nichts tun. Sie kennen dich fast alle. Vielleicht bist du die einzige Überlebende außer den kleinen Kindern. Sorg für die Kleinen, so gut du kannst!«

Er verstummt bitter. Dann nimmt er sie in seine Arme und hält sie einige Herzschläge lang an sich gedrückt. Wenn sie es bisher noch nicht spürte, nun weiß sie es genau: Les liebt sie, wie ein Bruder die kleine Schwester nur lieben kann, für die er sorgen und die er beschützen will.

Sie ist für einen Moment sehr glücklich.

Aber als er sie dann allein läßt, ist der Augenblick des Glücks vorbei. Nur das Bewußtsein der Gefahr ist da.

Ich muß handeln, denkt sie. Ich muß mir meine Apachenkleider wieder anziehen und zu Coloradas Victorio gehen. Und dann muß ich versuchen, Juanas Nachfolge . . .

Man entdeckt Ysabel Quinnahans Verschwinden erst eine Stunde nach Mitternacht. Um diese Zeit ist sie schon länger als zwei Stunde fort.

Ann Sherburn stellt fest, daß Ysabel sich umgezogen hat und wieder als Apachin gekleidet ist.

Da weiß Les Quinnahan Bescheid. Sein Verstand sagt ihm, daß Ysabel zu den Apachen übergelaufen ist.

Doch warum? Um ihr Leben zu retten?

Oder hat Juana immer noch so viel Macht über sie, daß sie nicht anders kann als das Vermächtnis der Medizinfrau zu übernehmen?

Les Quinnahan ist verwirrt. Aber irgendwie ist das seiner Meinung nach gar nicht mehr so wichtig.

Sie alle sind zum Untergang verurteilt.

Ysabel konnte sich retten. Vielleicht kann sie für die überlebenden Kinder etwas tun. Denn diese werden ja Ysabels Schicksal erleben.

Es war leicht für ein Mädchen, das als Apachin erzogen wurde, Camp Apache Springs zu verlassen. Als Ysabel zwanzig Schritte gemacht hat, stößt sie auf den ersten Apachen. Er schnellt auf und hält ihr das Messer gegen den Hals. Doch dann erkennt er, daß er eine Frau vor sich hat.

»Wer bist du?« fragt er barsch.

»Juana«, erwidert Ysabel, denn nach dem Tode der Medizinfrau führt sie deren Namen. »Nimm dein Messer von mir, denn ich bin Juana, die sich erneuerte.«

Er starrt Ysabel ins Gesicht. Auch sie erkennt ihn nun. Es ist Hachet, ein älterer, erfahrener Krieger. Er begreift sofort, und seine Worte beweisen, daß auch der Tod der alten Juana schon bekannt ist.

»Ja, du bist es. Ich erkenne dich! Wir wußten, daß du entführt wurdest. War es schwer, aus diesem Camp zu entweichen?«

»Für mich nicht, denn ich bin Juana«, erwidert sie. »Ich kenne mehr als einen Zauber. Aber jetzt muß ich zu Coloradas Victorio. Wo finde ich ihn?«

Hachet stößt einen leisen Eulenruf aus. Bald taucht ein anderer Krieger bei ihm auf.

»Bringe Juana zu Coloradas Victorio«, sagt Hachet.

Der Weg ist nicht weit, nur eine Viertelmeile – bis hinter die großen Felsen auf einer Bodenwelle, die dort wie eine versteinerte Elefantenherde aufragen.

In der Senke dahinter brennt das Feuer der Apachen. Es gibt einige Zweighütten für die Schwerverwundeten. Es sind mehr als hundert Apachen in diesem Camp, die Verwundeten nicht mitgezählt. Auch einige Frauen sind da, um für die Krieger zu kochen und die Verwundeten zu pflegen.

Ysabel wird von allen sofort erkannt.

Sie muß durch eine Gasse laufen, so schnell kommen alles herbei, um sie zu sehen. Immer wieder hört sie, wie man sie mit ihrem neuen Namen ruft: Juana! Ja, sie alle wissen, daß die alte Juana sie zu ihrer Nachfolgerin bestimmt hat. Und ihr Glaube sagt ihnen, daß nun Juanas Geist und ihre starken Kräfte in dieser jungen Nachfolgerin sind.

Der Körper der alten Juana ist tot.

Doch ihr ewiger Geist befindet sich in einem neuen Körper, der jung und gesund ist.

Juana ist wieder da! Sie rufen es sich zu, und selbst die ganz alten Krieger sind erfreut und glauben nun noch stärker an ihren Sieg.

Juana ist wieder da!

Coloradas Victorio sitzt allein an einem Feuer.

Doch nun erhebt er sich und sieht Ysabel-Juana über das Feuer hinweg an.

Sie hebt wie segnend ihre Handflächen.

»Ich bin zurück«, sagt sie, und sie spricht die Sprache der Chiricahuas besser als das Englisch der Amerikaner. »Ich bin zurück und sehe einen großen Häuptling, der erst am Anfang seiner siegreichen Bahn steht. Wie die Sonne, wenn sie gerade erst mit einem Rand über den Bergen im Osten erschienen ist. Du wirst flammend aufsteigen, Häuptling – und du wirst immer höher steigen höher als die Sonne. Die Apachen werden dich eines Tages als den ›Häuptling der Sonne‹ in ihrer Erinnerung behalten, wenn sie endlich ein großes und freies Volk sind, gleichberechtigt neben den Weißen. Victorio, ich bin gekommen, um dir den Sieg vorauszusagen. Dort drüben in diesem Fort herrscht Not und Verzweiflung. Schon beim nächsten Ansturm wird der Widerstand zerbrechen. Du wirst siegen, Häuptling! Aber ich muß dennoch die Geister befragen. Ich muß ganz sicher sein, daß es nichts gibt, Häuptling, was deinen Aufstieg aufhalten könnte. Denn du weißt, daß selbst die Sonne verdeckt und verborgen bleibt, wenn Unwetter heraufziehen. Ich will den Großen Zauber machen, der mir alle Fragen beantworten kann. Und wenn sich morgen der Sonnengott der Apachen über diese Welt erhebt, so wirst du wissen, Häuptling, wer oder was dich gefährden könnte. Du wirst wissen, wie du dich schützen kannst.«

Sie macht eine Pause und starrt in Coloradas Victorios brennende Augen. Sie hat von Juana gelernt, einem brennenden Blick standzuhalten und ihn zu erwidern. Hinter ihr steht die ganze Macht der alten Juana, denn sie ist deren Vermächtnis an die Chiricahuas.

Sie starrt zwingend in Coloradas Victorios Augen, und Juanas Vermächtnis wirkt selbst auf ihn. Er nimmt nach einer Weile seinen Blick von ihr und läßt ihn in die Runde wandern.

Die Apachen stehen in dichtem Kreis. Fast alle verstanden jedes Wort von ihr, und alle wollten aus ihrem Mund die Ankündigung des Sieges hören.

Jetzt begreifen sie, daß ihrem Führer Coloradas Victorio vielleicht der Sieg gelingen, ihm aber der Tod drohen könnte, so daß er für den Sieg bezahlen muß. Sie begreifen, was ihre neue Juana möchte. Auch sie wünschen, daß Coloradas Victorio sich gegen die persönliche Gefahr und die dunklen Mächte schützen kann.

Coloradas Victorio sieht in ihren Gesichtern die Erwartung. Er liest in ihren Augen, daß auch sie der Meinung sind, die Zeit für einen Großen Zauber sei gekommen – jenen Großen Zauber, den die Chiricahuas veranstalten, wenn es um Lebensfragen geht und sie das Schicksal befragen wollen.

Denn ist nicht Juana wieder bei ihnen, die große, alte Juana? Die in den jungen und schönen Körper ihrer Gehilfin einging und ihre Seele mit der jungen Seele vereinte? Ist sie nicht wieder bei ihnen, die unsterblich ist? Coloradas Victorio begreift, daß er sich nicht weigern darf.

Wenn er seine Krieger zum nächsten Angriff schickt, so wollen sie Siegesgewißheit haben und den festen Glauben, daß Coloradas Victorio ausersehen ist, sie zu neuem Aufstieg und Glanz zu führen.

In seinem Gesicht regt sich nichts, als er Ysabel-Juana ansieht und zu ihr sagt: »Du bist zurückgekommen, obwohl dich die Weißen als Gefangene entführten, wie wir herausfinden konnten. Du bist zu deinem Volk zurückgekehrt, und ich will mich dem Großen Zauber unterwerfen.«

Er springt auf und klatscht in die Hände.

»Bereitet alles vor! Der Große Zauber soll stattfinden! Macht das Feuer hell und mächtig! Laßt die Trommeln sprechen! Beginnt mit dem Tanz! Und bringt Juana all ihre Dinge, die sie in der Höhle des Heiligen Feuers ließ! Bringt alles in die große Grashütte. Macht Feuer darin, damit Juana sich vorbereiten kann für den Großen Zauber!«

Sie laufen erregt durcheinander und sind in großer Erwartung. Bald werden sie wissen, was sein wird. Juana ist in junger Gestalt wieder bei ihnen. Sie kann ihnen die Zukunft verkünden. Wenn sie in einigen Stunden Camp Apache Springs angreifen, werden sie genau wissen, was sie erwartet.

Coloradas Victorio geleitet die verjüngte Juana zu der großen Grashütte.

12

Aus dem Feuer steigt grünlicher Kräuterrauch, und es duftet streng und herb.

Ysabel-Juana hockt in der Grashütte am Feuer, atmet den Kräuterrauch, wiegt ihren Oberkörper und hält die Augen geschlossen. Sie macht alles, wie sie es von der alten Juana lernte.

Doch sie versetzt sich nicht in Trance. Sie ist nicht bereit dazu, sie will es nicht. In jener kurzen Zeit unter den Weißen wurde auch sie wieder eine Weiße, besonders während der letzten Stunden in Ann Sherburns Haus bei den Frauen und Kindern.

Die Kinder, denen das droht, was sie erlebte, gaben den Ausschlag.

Ysabel-Juana hat sich entschlossen, Camp Apache Springs zu retten.

Deshalb muß sie eine noch größere und echtere Rolle spielen, als es die alte Juana jemals tat.

Coloradas Victorio kommt in die Grashütte und hockt sich ihr gegenüber. Draußen am großen Feuer beginnen die Trommeln zu wirbeln und gehen dann in einen hackenden Rhythmus über, nach dem getanzt wird.

Dazu klatschen bretthارte Hände den Takt, bewegen sich bunt und farbenprächtig gekleidete Apachenkrieger um das Feuer.

Dieser Tanz soll die Aufmerksamkeit des ›Herrn des Lebens‹ erwecken. Er soll sich für seine Kinder interessieren, ihnen geneigt werden und bereit sein, Juanas Fragen zu beantworten.

Der Tanz leitet den Großen Zauber ein.

Coloradas Victorio beugt sich plötzlich vor, starrt über das Feuer hinweg durch den grünlichen Kräuterrauch auf Ysabel-Juana, und sagt in englischer Sprache, so wie er sie einst in der Missionsschule lernte:

»Mir kannst du nichts vormachen! Hör auf, dich zu verstellen! Auch die alte Juana und ich, wir machten uns einander nichts vor. Und so soll es auch zwischen uns sein. Du bist eine Weiße. Ich kenne deinen Bruder und weiß, daß er dich schon viele Jahre sucht. Ihr tragt beide das gleiche Zeichen über dem Handgelenk. Deinetwegen ließ ich ihn damals, als er halbtot war, am Leben. Ich hätte ihn vernichten können. Er konnte dich entführen. Du warst unter Weißen, und wahrscheinlich wurdest du anders. Warum bist du zu uns Apachen zurückgekommen? Um dein Leben zu retten? Wolltest du nicht mit den Weißen in diesem befestigten Camp erschlagen werden? Oder solltest du wirklich eine echte Apachin geworden und geblieben sein? Gib Antwort!« forderte er barsch. Er ist ein Apache, der nicht an all diesen heidnischen Mummenschanz glaubt. Er wurde von Missionaren erzogen, und wenn er an etwas glaubt, dann an den wahren Gott. Daß er jedoch nicht christlich handeln kann, liegt an den Weißen, die an den Apachen auch nicht christlich handeln, sondern sie bestehlen, betrügen und erschlagen. Die alles tun, um sie auszurotten, damit das Land frei wird für die Siedler, Farmer und Rancher.

Ysabel öfnet ihre Augen. Sie sehen sich eine Weile schweigend an.

Dann sagt er hart: »Ich will sämtliche Apachenstämme unter mir vereinigen und den Weißen einen Krieg liefern, der sie dazu zwingt, uns als Volk zu respektieren. Sie sollen mit uns einen ehrenwerten Frieden schließen wie mit einer gleichberechtigten Nation. Sie sollen begreifen, daß es besser für sie ist, uns die Rechte einer Minderheit zu geben. Und sie sollen die geschlossenen Verträge halten. Die Regierung in Washington muß endlich begreifen, daß man einen großen Krieg riskiert, wenn man uns Apachen nicht wie ein gleichberechtigtes Volk behandelt. Das will ich! Und die alte Juana wollte das auch! Sie half mir. Auch du wirst mir helfen!« sagt er überzeugt.

Ysabel sieht ihn stumm an.

Mit einem Mal wird ihr das Ungeheuerliche klar, das er von ihr verlangt, Wenn sie sich bisher noch nicht als Weiße gefühlt haben sollte – jetzt ist es der Fall.

Denn er verlangt, daß sie Juanas Erbe dazu benutzt,

die Apachen in seinem Sinne zu beeinflussen, indem sie ihnen den Sieg und Unverwundbarkeit verspricht. Er will und muß die Hilfe einer Medizinfrau haben, um die Krieger noch mehr zu beherrschen.

Doch dazu kam sie nicht her.

Sie will die Menschen in Camp Apache Springs retten – nicht töten helfen.

»Oh, Häuptling«, antwortet sie, »ich werde dir helfen – mehr als du vielleicht erwartest. Ich werde dir helfen, deinen größten Feind zu besiegen. Und nun komm, damit ich beginne!«

Sie erhebt sich.

Doch auch er erhebt sich schnell und versperrt ihr den Weg.

»Hüte dich, mich zu betrügen!« sagt er kalt, und seine dunklen Augen glühen im Feuerschein. Sein hartes Gesicht verzerrt sich, und die Lippen seines grausamen Mundes pressen sich fest gegen die Zähne.

»Vielleicht ist die alte Juana in dir – vielleicht auch nicht«, murmelt er. »Aber wie es auch sei, halte zu mir – oder du wirst sterben! Ich will, daß die Apachen an mich glauben. Sie sollen vom Sieg überzeugt sein. Versprich ihnen, daß sie nicht wirklich sterben können, weil ihre Seelen sofort in die Körper von Kindern fahren, die in der Minute ihres scheinbaren Todes geboren werden. Sag ihnen, daß sie immer wieder neu leben werden, so wie der Geist und die Seele der alten Juana, die in deinen Körper einging. Künde ihnen Sieg und sag ihnen, daß ich unser Volk zur Größe führen werde. Sonst nehme ich meine Schädelbrecher und töte dich mit einem Schlag. Hast du mich verstanden?«

Sie stehen sich gegenüber und sehen sich im Halbdunkel der Grashütte an.

Ysabel spürt keine Furcht. Es ist eine starke Kraft in ihr.

Sie nickt. »Ich werde den richtigen Zauber machen«, verspricht sie, und so mißtrauisch und drohend Coloradas Victorio sie auch anstarrt, er spürt den Doppelsinn ihres Versprechens nicht.

Er gibt ihr den Weg frei, und sie tritt hinaus in den Lärm.

Sie trägt den Poncho der alten Juana, jenen roten Medizinmantel mit den vielen geheimnisvollen Symbolen.

Es ist ein wildes, heidnisches, farbenprächtiges Bild.

Als sie vor gut einer Stunde in das Camp kam, waren etwa hundert Apachen und ein Dutzend Frauen da.

Jetzt sieht sie mehr als dreihundert Krieger, und es kommen noch mehr aus der Dunkelheit herbei. Jeder zweite Krieger wird aus dem Umklammerungsring abgezogen, um bei Juanas Großem Zauber dabeizusein.

Sie haben einen Kreis gebildet, in dessen Mitte das riesige Feuer brennt.

Mehr als ein Dutzend Trommeln hacken und wirbeln. Sechhundert harte Hände katschen gegeneinander oder gegen harte Lederschilde.

Alle haben sich geschmückt und angemalt, so gut sie es mit ihren wenigen Hilfsmitteln nur konnten.

Der Gesang schwillt auf und ab, und immer wieder richten sich alle Blicke hinauf zu den Sternen, hinter denen, wie man weiß, der Herr des Lebens sitzt.

Man ist sicher, daß er nun direkt zu ihnen heruntersieht und Juana mit ihm Verbindung aufnehmen kann. Durch Juana werden sie erfahren, was über sie beschlossen ist.

Als Ysabel-Juana in dem Kreis erscheint, wird alles still. Nichts bewegt sich. Jähe Ruhe herrscht. Alle Augen sehen auf Juana, erkennen, wie jung und schön sie wurde, obwohl ihre Seele schon ewige Zeiten alt ist – genausoalt wie die Chiricahuas als Stamm eines stolzen Volkes.

Sie bewegt sich langsam um das große Feuer. Unter dem Medizinponcho der alten Juana, den sie alle gut kennen, hat sie viele kleine Beutel am Gürtel. Sie greift immer wieder hinein und bringt Händevoll geriebener Wurzeln, Kräuter, aber auch irgendwelchen Mineralstaub und geheimnisvolle Pulver daraus hervor, wirft alles nacheinander in bestimmter Reihenfolge ins Feuer, so wie sie es von Juana lernte.

Zuerst geschieht nicht viel, doch dann plötzlich steigen gelbe, blaue und grüne Rauchschwaden auf, vereinen sich über dem Feuer zu einem bunten Gebilde, das zum Himmel strebt.

Danach springen funkelnde Sterne aus dem Feuer, eilen dem bunten Gebilde nach.

Ysabel-Juana steht bewegungslos da. Sie hat den Kopf weit in den Nacken gelegt und ihre Arme ausgebreitet. Sie späht den aufsteigenden Gebilden nach, scheint nicht zu atmen – nur zu warten, zu lauschen.

Plötzlich fällt alles wieder nieder – zuerst die funkelnden Sterne, und dann schweben auch die bunten Rauchschwaden, die sich zu einem bizarren Gebilde vereinten, wieder herunter.

Für den stummen Kreis der staunenden Apachen sieht es wirklich aus, als hätte Juana Bitten, Fragen und Wünsche gen Himmel gesandt – und dann war alles zurückgekommen. Es fällt nicht ins Feuer, sondern breitet sich aus, bis Feuer und Juana-Ysabel damit eingehüllt sind wie von buntem Nebel, in dem Funken sprühen.

Mit einem Mal ist alles vorbei.

Nur das rote Riesenfeuer glüht noch und verbreitet seinen roten Schein, an dessen Grenze die bewegungslosen Gestalten der Apachen verharren. Die buntbemalten Gesichter glänzen, die Augen funkeln.

Juana-Ysabel bekam diesen Auftritt gut einstudiert – länger als drei Jahre.

Doch sie hat sich nicht in Trance versetzt, wie ihre alte Lehrmeisterin es konnte und es auch ihr beibrachte. Ihr Verstand ist völlig klar und nüchtern.

Nun warten sie alle auf das, was sie zu sagen hat. Denn sie allein kann dem bunten Rauch und den Sternen, die wieder vom Himmel herunterkamen, die Antwort entnehmen.

Oh, sie kennt dies alles! Und sie verachtet es! Denn heute, da sie sich nicht in Trance befindet, wird ihr der ganze Schwindel klar.

In diesen Minuten, da sie verharrt und die Apachen sie anstarren, denkt sie daran, wie die Frauen und Kinder in Ann Sherburns Haus beteten – und daran, wie auch sie gebetet hatte, weil sie sich plötzlich wieder daran zu erinnern vermochte, wie es damals war, als ihre Mutter ihr das Beten beibrachte.

Sie nimmt ihre ausgebreiteten Arme unter den Medizinmantel und blickt in die Runde, bis sie Coloradas Victorio erkennt, der in der vordersten Reihe steht.

»Der Herr des Lebens und dieser Welt hat zu mir gesprochen«, ruft sie laut und klar. »Er hat mir gesagt, was Coloradas Victorio tun muß, um der allergrößte Häuptling zu werden, den die Apachen je hatten. – Häuptling, hörst du mich?«

Voctorio tritt vor. »Ich höre dich, Juana«, sagt er kehlig.

»Wirst du bereit sein, zum Wohle der Apachen zu handeln und dich selbst nicht zu schonen?«

»Ich bin bereit«, erwidert Coloradas Victorio. Seine Augen glitzern im Feuerschein. Noch spürt er nicht, daß keine Apachin zu ihm spricht, sondern eine Weiße, die sich einen verzweifelten Plan ausgedacht hat, um die Menschen in Camp Apache Springs zu retten.

Doch er begreift es sofort, als Ysabel-Juana so laut sagt, daß es alle hören können:

»Häuptling, du hast einen besonderen Feind, den du ganz allein besiegen mußt – allein im Zweikampf! Das ist die letzte Probe! Bleibst du Sieger, wird dieses befestigte Fort leicht in deine Hand fallen. Keiner deiner Krieger wird sein Leben verlieren. Doch du mußt deinen besonderen Feind, den das Schicksal allein für dich bestimmte, selbst und ohne fremde Hilfe besiegen. Tust du es nicht, wird seine erste Kugel, die er auf deine angreifenden Krieger abfeuert, dich selbst treffen – und müßte sie um sieben Ecken fliegen. Hast du verstanden, Häuptling? Diesen Feind mußt du selbst töten, um werden zu können, was die Apachen von dir erwarten. das ist die Antwort, die aus der Welt hinter den Sternen kam.« Sie verstummt endgültig.

Coloradas Victorio weiß, daß sie ihn reingelegt hat. Er weiß, daß sie keine Apachin mehr ist, sondern wieder eine Weiße wurde. Die kurze Zeit bei ihrem Bruder und den anderen Weißen genügte, um die zehn Jahre bei den Apachen völlig zu tilgen.

Das da ist nicht die Nachfolgerin von Juana, sondern ein furchtloses weißes Mädchen. Die Furchtlosigkeit lernte sie bei den Apachen.

Coloradas Victorio erkennt, daß er reingelegt wurde.

Aber er kann jetzt nichts tun – gar nichts! Denn seine Krieger glauben an die neue Juana, in der sich der Geist der alten Juana nur eine neue Behausung suchte.

Sie glauben, was sie kündete.

Wenn er in ihnen keinen Zweifel wecken will, so muß er auf dieses Spiel eingehen.

Er fragt knirschend: »Wer ist dieser Mann? Wen muß ich zum Zweikampf fordern?«

»Quinnahan!« sagt Ysabel-Juana. »Reite vor das Fort und verlange nach Quinnahan. Sag ihm, daß die Apachen nicht angreifen werden, wenn er dich töten kann. Und sag ihm, daß es für die Eingeschlossenen keinen Sinn hat, sich länger zu verteidigen, wenn du ihn töten solltest. Er wird kommen und mit dir kämpfen. Denn er ist der größte Krieger im Camp. Geh! Sofort! Denn bald ist der Tag da! Der Sonnengott wird gleich die Sterne auspusten. Und du mußt vorher kämpfen, Coloradas Victorio!«

Ihre Stimme wurde laut und klar, fordernd und endgültig.

Die lauschende Menge beginnt beifällig zu rufen:

»Ja, töte ihn! Ruf ihn aus dem Camp und kämpfe mit ihm! Zeig uns, daß du der große Häuptling bist, der seinen persönlichen Feind im Zweikampf tötet!«

Er hört es, steht still da und starrt Ysabel an. Er möchte ihr gewiß gerne mit dem Schädelbrecher das Hirn einschlagen, so sehr haßt er sie nun.

Er wird es gewiß bald tun. Doch nicht jetzt – später, wenn er mit Quinnahan fertig ist.

Er erinnert sich gut an diesen Namen. Er weiß, daß es der Bruder dieses Mädchens ist und begreift auch, was sie sich mit diesem Trick verspricht.

Sie hat ihn vor seinen Kriegern dazu gezwungen, den besten Mann von Camp Apache Springs herauszufordern. Er kann gar nicht anders.

Denn dieses Mädchen ist Juana, die Seherin und Künderin der Chiricahua-Apachen.

Oh, hätte die alte Juana sich doch nie ein weißes Kind als Nachfolgerin ausgesucht, denkt er bitter. Ich töte sie, sobald ich kann, diese Weiße!

Im Morgengrauen geben die Posten auf der Westseite Alarm, doch es stellt sich bald heraus, daß da nur ein einzelner Apache aufgetaucht ist, der in der Sprache der Weißen kehlig ruft: »Wo ist Quinnahan? Holt Quinnahan! Ich will mit Quinnahan reden!«

Les Quinnahan kommt schnell heran.

Im grauen Morgenlicht erkennt er Coloradas Victorio, denn der Häuptling ist nun noch näher gekommen, völlig furchtlos, wie es scheint.

»Niemand soll schießen!« sagt Les Quinnahan zu Captain Banteen. »Wir müssen erst herausfinden, was er will. Und vergessen Sie nicht, daß meine Schwester wieder bei den Apachen ist. Niemand darf schießen!«

Der Captain gibt sofort die entsprechenden Befehle.

Dann verläßt Les Quinnahan das befestigte Camp und nähert sich Red Vic. Dieser gleitet vom Pferd und wartet auf ihn. Da sie nicht laut sprechen, hört niemand ihre Unterhaltung.

»Nun, Red Vic?« fragt Quinnahan, obwohl er viele Fragen stellen möchte. Doch er beherrscht sich eisern, bleibt äußerlich kühl und gelassen.

Red Vic lächelt hart. Sein Lächeln wirkt grausam, und seine Augen glitzern.

»Deine Schwester, Quinnahan, ist bei uns.«

»Ich weiß«, nickt Quinnahan.

Abermals lächelt der Apache grausam. »Sie ist klug«, sagt er langsam. »Die alte Juana gab ihr alles Wissen weiter, was sie selbst besaß. Deine Schwester ist noch jung, aber in vielen Beziehungen uralt, erfahren und weise. Denn sie erhielt ein Vermächtnis, das im Laufe der Jahre in sie eingepflanzt wurde. Halte mich nicht für einen unwissenden Heiden, der an Mummenschanz glaubt. Ich wurde bei den Missionaren erzogen, ging sieben Jahre in die Schule und beherrsche Schrift und Sprache besser als mancher Weiße. Ich glaube nicht an übernatürliche Kräfte. Doch ich muß mir den Glauben meiner Apachen zunutze machen. Deshalb war mir die alte Juana recht – und wäre mir auch deren Nachfolgerin recht gewesen. Deine Schwester verbrachte die ersten sieben Jahre ihres Lebens bei den Weißen und die letzten zehn Jahre bei den Apachen. Zuerst glaubte ich, diese zehn Jahre wären stärker. Doch das war ein Irrtum. Quinnahan, deine Schwester verwandte das, was die alte Juana sie lehrte, gegen uns Apachen und zum Nutzen der Weißen! Deine Schwester legte mich rein wie einen Pferdedieb, der einen gestohlenen Gaul umfärbt und ihn seinem ersten Besitzer wieder verkauft. Quinnahan, ich will dir erzählen, wozu deine Schwester mich zwingen konnte – zwingen, weil meine Apachen in ihr die neue Juana sehen und alles glauben, was sie ihnen vormacht. Ich will dir erzählen, was . . .«

Les Quinnahan erfährt nun alles von Coloradas Victorio.

Red Vic endet mit den Worten: »Du siehst also ein, daß wir es auskämpfen müssen – ich, weil ich meinen

Apachen den letzten Beweis meiner Berufung bringen muß, und du, weil es für euch die letzte Rettung bedeuten könnte. Denn wenn du mich tötest, gewinnt ihr zumindest einige Tage Zeit, bevor man für mich einen Nachfolger wählt und dieser dort weitermacht, wo ich aufhören mußte. Nun, willst du mit mir kämpfen?«

Quinnahan sieht Red Vic an und denkt über seine Schwester nach.

Ja, Ysabel wurde von Juana dazu erzogen und darin geschult, einen solchen Zauber zu machen.

Und sie hat ihn gemacht, um den Menschen in Camp Apache Springs eine Chance zu verschaffen.

Sie muß ihn, ihren Bruder, für den besseren Kämpfer halten. Sonst hätte sie nicht gerade ihn als Red Vics Gegner ausgewählt.

Deshalb war sie also aus dem Camp geschlichen.

Sie wollte sich nicht bei den Apachen in Sicherheit bringen, sondern ein Intrigenspiel gegen Red Vic in Gang bringen.

Doch jetzt ist die Stunde der Wahrheit gekommen.

Sie müssen es auskämpfen.

Les Quinnahan nickt.

»Fangen wir an!« sagt er. »Mit welchen Waffen willst du kämpfen?«

»Hast du dein Messer bei dir?« fragt der Apache.

Les Quinnahan nickt. »In meinem Stiefelschaft.«

»Dann legen wir alle anderen Waffen ab und kämpfen mit den Messern.«

Les nickt abermals. Er wendet sich ab, geht zur Campbefestigung zurück und erklärt Captain Banteen und den anderen lauschenden Männern genau, um was es geht. Als er zu Coloradas Victorio zurückkehrt, hält er nur sein Messer in der Hand.

Der Häuptling erwartet ihn und besitzt ebenfalls nur sein Messer.

Er jagte sein Pferd, an dem die anderen Waffen hängen, einfach fort.

Langsam nähern sie sich und umkreisen sich.

Sie sind körperlich sehr verschieden. Les Quinnahan ist groß und hager, langbeinig und wiegt etwa hundertsiebzig Pfund.

Der Apache ist kleiner, gedrungener, breitschultrig, gut zwanzig Pfund leichter, geschmeidig und unheimlich schnell in seinen Bewegungen. Die Absicht, Quinnahan zu töten, glitzert wild in seinen Augen – und als er nach einigen Finten vorspringt und sein Messer gegen Quinnahan stößt, da ist dessen Bewegung um einen winzigen Sekundenbruchteil zu spät. Die Klinge verwundet ihn nicht gefährlich, ritzt ihn jedoch über einer Rippe in der Herzgegend.

Er selbst sticht in die Luft.

Als sie sich wieder umkreisen und auf eine Chance lauern, da spürt er eine heiße Angst aufsteigen, die sich in Panik verwandeln möchte.

In Red Vics Augen erkennt er das triumphierende Funkeln. Der Apache ist seiner Sache sehr sicher. Er glaubt, daß er reaktionsschneller ist und den Weißen umbringen kann.

Auch Les Quinnahan glaubt es.

Er hat den Messerkampf nie gemocht, sondern ihn stets verachtet. Aber die Apachen werden von Jugend an darin geschult und üben ihn ihr ganzes Leben lang. Seit vielen Generationen wird ihnen die Begabung dafür vererbt.

So ist es kein Wunder, daß fast jeder Apache einem Weißen mit dem Messer überlegen ist.

Les Quinnahan denkt daran, daß die Menschen in Camp Apache Springs verloren sind, wenn dieser Häuptling gewinnt. Dann sind sie wahrscheinlich schon ein oder zwei Stunden später tot, da der Angriff sofort kommen wird. Red Vic wird seinen Sieg umgehend ausnutzen. Seine Krieger werden besonders heftig und siegesgewiß anstürmen.

Les Quinnahan weiß nicht, wie gebannt die Weißen und die Apachen diesem Kampf zusehen. Die Apachen kamen näher und näher, bis sie gute Sicht hatten.

Wenigstens fünfhundert Krieger sehen aus einer Entfernung von nicht mehr als fünfzig Metern zu.

Als Red Vic jetzt vorspringt, stößt er Les das Messer zwischen die Rippen.

Doch er bekommt es nicht heraus; denn Les klemmt mit seinem Arm den Arm des Apachen fest, hält so das Messer in seinem Körper, so daß Red Vic nicht nochmals ausholen und zustoßen kann. Red Vic kämpft wild. Doch der lange Arm des Weißen umschlingt ihn und stößt ihm das Messer in den Rücken, bis die Spitze sein Herz erreicht.

Einige Sekunden lang stehen sie still.

Dann reißt Les Quinnahan sich mit einem Ruck los und läßt Red Vic fallen. Man sieht es, daß der Indianer tot ist.

Les Quinnahan hat das Apachenmesser noch zwischen den Rippen, als er sich auf den Rückweg macht. Er geht wie ein Betrunkener, schwankt manchmal. Doch er setzt Fuß vor Fuß und schafft es.

Sein Gesicht ist schweißbedeckt. Als ihm einige Soldaten entgegeneilen wollen, stößt er heiser hervor: »Laßt mich! Faßt mich nicht an! Die Apachen dürfen keinen Zweifel daran haben, daß ich Red Vic besiegt habe. Ich muß ganz allein ins Camp gelangen. Faßt mich nicht an! Gebt mir den Weg frei!«

Und er schafft es.

Als er im Camp verschwunden ist und sich die Lücke schließt, die man für ihn öffnete, stehen die Apachen immer noch wartend im Halbkreis und blicken auf den Häuptling.

Sie können es nicht glauben. Vielleicht warten sie, daß er sich wieder bewegt und erhebt.

Doch sie warten vergebens.

Dann kommt die junge Juana herbei. Sie schreitet ganz ruhig, blickt starr geradeaus und nähert sich dem Häuptling.

Neben ihm kniet sie nieder.

Als sie nach einer Weile aufblickt, umringen die Apachen sie im schweigenden Kreise. Hoch richtet sie sich auf und hebt das Kinn.

Sie blickt in die Runde, sieht in alle Augen und legt ihre ganze Kraft hinein, die Juana sie lehrte.

Dann spricht sie laut und klar: »Coloradas Victorio war nicht groß genug! Er war nicht der Auserwählte! Die Apachen konnten von ihm nicht in die neue Zeit geführt werden. Schon dieser eine Weiße war stärker. Kehrt heim, Apachen! Es ist vorbei! Das Zeichen ist gegen euch! Coloradas Victorio bestand die letzte Probe nicht. Er hätte alle, die ihm folgten, ins Verderben geführt. Kehrt heim! Es kommen Soldaten, viele Soldaten! Sie sind bald da!«

Da bewegen sie sich.

Sie aber winkt einigen Kriegern zu.

»Nehmt ihn und bringt ihn in die Höhle des Heiligen Feuers!«

In Camp Apache Springs herrscht Freude, Erleichterung und Hoffnung.

Denn die Apachen ziehen ab!

Eine große Schar macht sich unter der Führung der jungen Juana auf den Weg nach Mexiko. Andere Abteilungen kehren zu ihren Stämmen zurück. Viele kleine Häuptlinge werden nun auf einen neuen Messias warten, dem sie folgen können, weil er die Apachen aus der Tiefe führen soll, wie es die Prophezeiung sagt.

Drei Tage später treffen bei Camp Apache Springs Verstärkung und Ersatz ein.

Sie wären zu spät gekommen, wenn es Ysabel-Juana nicht gegeben und wenn Les Quinnahan nicht im Zweikampf gesiegt hätte.

Les Quinnahan liegt fast vier Wochen zwischen Leben und Tod. Nur die Kunst der Armeeärzte rettet ihm wahrscheinlich das Leben. Selbst, als er schon wieder umherlaufen kann, hält er sich schief und muß sich oft die Hand gegen seine Seite drücken, um die Schmerzen besser zu ertragen.

Erst ein halbes Jahr später ist er richtig gesund.

Aus Camp Apache Springs wurde eine kleine Stadt. Für ihren Grund und Boden erhielt Ann Sherburn viel Geld. Dazu kommt noch das Gold, das Les Quinnahan mitgebracht hatte.

Buff Quade war an seiner Verletzung gestorben. Clint Hunter, der wieder genesen war, hatte mit seinem Anteil eine Postkutsche bestiegen und war irgendwohin verschwunden.

Les Quinnahan, Ann Sherburn und der kleine Joe machten sich eines Tages reisefertig.

Denn sie wollten fort.

In einem halben Jahr etwa werden Les und Ann heiraten, wahrscheinlich droben in Oregon.

Und Ysabel? Was wurde aus Ysabel, die als neue Juana bei den Apachen blieb, nachdem sie dem Bruder eine Chance verschafft hatte, Camp Apache Springs zu retten?

Man hörte, daß sie mit einer großen Apachenabteilung nach Mexiko gezogen sei.

Mehr hörte man nicht.

Denn die Sierra Madre in Mexiko ist groß und bietet hunderttausend Verstecke und Winkel.

Man weiß nicht, ob Ysabel-Juana das Vermächtnis der alten Medizinfrau angetreten hat – oder ob sie irgendwann umkam.

Man erfuhr nichts von ihr.

Nur eines ist sicher: Jene Apachen in Mexiko besaßen noch viele, viele Jahre eine Juana. Bis ins zwanzigste Jahrhundert soll sie gelebt haben.

Doch ob es Ysabel war . . .

ENDE

Band 45 147

G. F. Unger

Shannons Herde

Originalausgabe

Am Rio Grande nimmt Ty Shannon fünf Rinderdieben die gestohlene Herde ab. Noch ist er allein, ein Mann mit einer rauchigen Vergangenheit, der aus einem verlorenen Krieg auf diese Weide kam, um sich ein Rinderreich aus dem Boden zu stampfen. Ty Shannon, der ehemalige Major der Südstaatenarmee, hat es satt, ein Verlierer zu sein. Er will auf der Seite der Sieger stehen, dazu ist ihm jedes Mittel recht. Und so geht er seinen blutigen Weg, kalt und ohne Skrupel. Sein Gewissen meldet sich erst, als es zu spät ist. Da hat er sich seine Riesenherde längst zusammengeraubt – und wieder verloren . . .

BASTEI LÜBBE

Sie erhalten diesen Band im Buchhandel, bei Ihrem Zeitschriftenhändler sowie im Bahnhofsbuchhandel.

Band 42 262

Sheilas Stadt

Originalausgabe

Auf den Spuren der Campell-Bande gelangte Lassiter nach Middle Town, die immer Sheilas Stadt gewesen war. Doch die Zeiten hatten sich geändert. Die kleine Stadt litt unter dem Würgegriff einer gemeinen und rücksichtslosen Erpresserbande, der niemand Herr werden konnte. Bis Lassiter kam. Er sah sofort wie der Sieger aus. Und genau das war sein Fehlr. Die Banditen konzentrierten sich allein auf ihn. Sie jagten ihn und trieben ihn erbarmungslos vor sich her, bis es Lassiter gelang, den Spieß umzudrehen . . .

BASTEI LÜBBE

Sie erhalten diesen Band im Buchhandel, bei Ihrem Zeitschriftenhändler sowie im Bahnhofsbuchhandel.

Band 13 453

Wolfgang Hohlbein

Die Hand an der Wiege

Der Roman zum Film
Deutsche
Erstveröffentlichung

Im Haus der Bartels herrscht Hochstimmung, hat Claire doch soeben ihr zweites Kind zur Welt gebracht. Da sie dennoch an ihrem Gartenhaus weiterarbeiten will, sucht sie ein Kindermädchen. Die junge Peyton, die wie eine Mischung aus Florence Nightingale und Mutter Theresa wirkt, bietet sich an und erhält den Job. Aber kaum daß das Kindermädchen sich im Haushalt unentbehrlich gemacht hat, kommt es zu immer neuen Zwischenfällen und kleinen Katastrophen. Mit jedem Tag lädt sich die Stimmung mehr auf – bis alle nur noch auf die große Explosion warten . . .